# Kontro

# Verse

*Poetische Gedanken um kontroverse Wortspielereien und Wortbedeutungen*

Nach dem Gedichtband „Blickwinkel" ist dies das zweite Buch, das der 76jährige Hobbydichter Wolfgang Luchtenberg veröffentlicht.

Der begeisterte Ronsdorfer (sein Wohnort ist nach seiner subjektiven Einschätzung der schönste Stadtteil von Wuppertal) schreibt seit Jahren humoristisch geprägte Alltagsgedichte. Der pensionierte Bankkaufmann ist leidenschaftlicher Tennisspieler und engagiert sich ehrenamtlich in verschiedensten politischen, sportlichen und kulturellen Funktionen.

Seine in vielen Jahren entstandenen Gedichte hat er – ergänzt um zahlreiche Verse zum Tagesgeschehen – zusammengestellt und jetzt in seinem zweiten Buch veröffentlicht.

Seine aktuellen Verse stellt er laufend auf seiner Homepage *ronsdorferpoesie.de* ein.

# Kontro - Verse

## Sinn oder Unsinn –
## das ist hier die Frage!

*Wolfgang Luchtenberg's
poetische Gedanken um kontroverse
Wortspielereien und -bedeutungen*

**Glaube nicht alles, was du hörst,
liebe nicht alles, was du siehst,
rede nicht alles, was du weißt.**
(Deutsches Sprichwort)

**„Sage nicht alles, was Du weißt,
aber wisse immer, was Du sagst"**
(Matthias Claudius)

**Ich sage, was ich denke,
damit ich höre, was ich weiß!**
(nicht ganz ernst gemeinte
kontroverse Meinung des Autors)

Bibliografische Information der Deutschen Nationalbibliothek:
Die Deutsche Nationalbibliothek verzeichnet diese Publikation in der Deutschen Nationalbibliografie; detaillierte bibliografische Daten sind im Internet über http://dnb.dnb.de abrufbar.

Herstellung und Verlag: BoD – Books on Demand, Norderstedt
ISBN: 978-3-7526-7474-3

Auch diesmal hat meine liebe Frau Renate wieder merklichen Anteil an der Realisierung dieses zweiten Buches, weil sie nicht müde wurde, mich an meine Selbstdisziplin zu erinnern.

Viele Freundinnen und Freunden *(das Gendersternchen <siehe Seite 54>, das die „Gesellschaft für deutsche Sprache" genau wie ich für weder konform mit den Regeln der deutschen Grammatik noch mit denen der Rechtschreibung hält, benutze ich bewusst nicht)* haben mich in der Planung einer Fortsetzung meiner Gedichtveröffentlichung sehr unterstützt. Auch ihnen gilt mein besonderer Dank.

# Worte

**„Das Wort verwundet leichter als es heilt"**

*Johann Wolfgang von Goethe*

**„Der Sprechende mag ein Narr sein, Hauptsache, der Zuhörer ist weise"**

*Laotse*

**„Humor ist der Knopf, der verhindert, dass einem der Kragen platzt"**

*Ringelnatz*

**„Nur wenige sind es wert, dass man ihnen widerspricht"**

*Ernst Jünger*

**„Man kann auch Ernstes heiter sagen"**

*Curt Goetz*

**„Wenn du sprichst, wiederholst du nur, was du schon weißt. Aber wenn du zuhörst, lernst du vielleicht etwas Neues."**

Dalai Lama

Wer B (= Blickwinkel) sagt, muss (?) auch K (= Kontro-Verse) sagen.

Logisch ist das zwar nicht, aber es kennzeichnet mein Bemühen, meine in den Jahren entstandenen zahlreichen Gedichte einer gewissen Sortierung zuzuführen, um sie der geneigten Öffentlichkeit jetzt nach „Blickwinkel" in meinem zweiten Buch zu präsentieren.

Eine Kontroverse ist laut Duden eine Meinungsverschiedenheit, eine Auseinandersetzung um eine Sachfrage. Darüber hinaus können aber auch manche Worte und Sätze durchaus verschiedene Bedeutungen haben. Selbst, wenn diese nur durch unterschiedliche Betonungen oder Interpunktionen zustande kommen: „Der brave Mensch denkt an sich selbst zuletzt!" So schrieb es einst Friedrich Schiller in Wilhelm Tell. Was er damit meinte, dürfte jedem klar sein. Aber auch heute, wo viele Menschen Eigennutz vor Gemeinsinn stellen, hat dieser Satz noch Bestand, sofern man ein Komma an der richtigen Stelle hinzufügt oder ihn anders betont: „Der brave Mensch denkt an sich, selbst zuletzt!"

Ein anderes dazu passendes Beispiel finden Sie auf Seite 38.

Natürlich komme auch ich nicht an der Coronakrise vorbei, die uns zurzeit voll im Griff hat. Und so habe ich fünf Gedichte zu diesem uns alle berührenden Thema unter dem Aspekt „humorig und kontrovers" an den Anfang dieses Buches gestellt. Und – so schließt sich der Kreis – mit der größten politischen Kontroverse in 2020 endet es.

Überhaupt hat mich dieses Wort „kontrovers" immer schon inspiriert, weil es eine Assoziation mit meinem Hobby, dem Verseschmieden, auslöst. Und so habe ich es - um meine Gedichte über Wortspiele und Wortbedeutungen in ein semantisches Korsett zu zwingen - als Buchtitel gewählt.

Ich wünsche reichlichen Lesespaß.

*Wolfgang Luchtenberg*

# Inhalt

I

# *Anfang*

## In eigener Sache

Ich erheb' mit keinem Worte
Anspruch, ein Poet zu sein.
Meine Verse sind die Pforte
für den Raum zum fröhlich sein.


Lachen ist in mancher Krise
stets die beste Medizin;
lust'ge Reime – so wie diese –
weisen uns den Weg dorthin.


Das erste war nur ein Versuch,
der ist – glaub' ich - gelungen,
dies hier ist nun mein zweites Buch,
um das ich lang gerungen.

# *Corona*

## Corona - Vorratshaltung

Dreieinhalb Jahre[1] ist es her,
da meint' Minister de Maizière,
falls uns're Lage schlecht verläufe,
empfehle er uns Hamsterkäufe.

Ich hab' ironisch mich gefragt,
ob das den Hamstern auch behagt
und woran man es denn bemisst,
ob so ein Hamster nahrhaft ist!

Was du aus dieser Frage lernst?
Der Deutsche folgt mit vollem Ernst
dem, der die Lage schnell erkennt,
verspätet zwar, doch konsequent.

Drum: grad in der Coronakrise
sind Hamsterkäufe die Devise,
man kauft, als gäb's kein morgen mehr,
die Warenhausregale leer.

Das geht nicht nur uns Deutschen so,

---

[1] *August 2016*

10

nein, sowas gibt's auch anderswo,
ein jeder kalkuliert sehr scharf
für seinen täglichen Bedarf.

Jedoch, was man so täglich braucht,
damit der Schornstein länger raucht,
das sieht in Nachbarländern man
wohl eher unterschiedlich an.

Der Holländer sagt sich mit Grips,
ich horte nur Kartoffelchips.
In Frankreich – wie kann's anders sein –
lagert man flaschenweise Wein.

Und in den USA beschaffen
sich die Bürger Feuerwaffen.
Nur hier bei uns, wo's alles gibt,
ist eine Ware sehr beliebt:

wir fürchten Flaute auf Aborten,
weshalb wir Klopapier jetzt horten.
Was zeigt die Meinungsdifferenz?
Was ist daraus die Quintessenz?

Der Holländer meint wohl sehr keck,
durchs Naschen ging das Virus weg.
Und der Franzose sagt „mon dieu,

was gut ist gegen Diarrhö,

wird wohl das Virus auch besiegen"
und lässt sich so nicht unterkriegen.
Die Cowboys in den USA,
die meinen aus Erfahrung ja,

das Virus könnte man erschießen
(und jemand mit, ich würd's begrüßen).
Uns schlägt – ich will es so mal sagen –
die Krise scheinbar auf den Magen,

und man befürchtet bundesweit,
der Stuhlgang würde lang und breit,
der Darmflora folgt nach der Reife
die proktolog'sche Endlosschleife.

Und ein Gespenst der Virusfront
zeigt sich bereits am Horizont:
man muss – um Ängste nicht zu schüren -
ein Taschenklo bald mit sich führen,

so wie in Wien Fiakerpferde;
auf dass es selbstverständlich werde!
Das wird ein richt'ger Umsatzreißer
dank unser'm Volk der Hosenscheißer!

12

**Steigende Coronazahlen**

Dass die Coronazahlen steigen,
kann man nun wirklich nicht verschweigen
und mancher meint, es läg' daran,
dass man jetzt viel mehr testen kann.

Wenn das so ist in vielen Fällen,
darf ich doch wohl die Frage stellen:
Würd' man IQ-Tests sehr forcieren,
würd's mehr Verrückte produzieren?

**Corona – Positives und was dann?**

Man fordert: Bleiben Sie zu Haus!
Weichen Sie andern Menschen aus!
Vermeiden Sie Sozialkontakt!
Seit Wochen hören wir's kompakt

im Netz, im Radio und TV.
Ein Extra nach der Tagesschau
gehört gefühlt seit Abraham
bereits zu unserm Stammprogramm.

Doch sollte man sich drauf besinnen,
dem Positives abgewinnen:
Jetzt, wo das Leben sich entschleunigt,
wird auch die Seele grundgereinigt.

Die Zeit macht uns grad keine Sorgen,
„kommste heut' nicht, kommste morgen".
Der Schnellkochtopf bleibt schon seit Wochen
im Schrank, man kann ja langsam kochen!

Der Urlaub wurde abgesagt,
jetzt ist der Gartenfreak gefragt.
Dank weniger Berufsverkehr
sinkt auch die Luftverschmutzung sehr.

Doch dürfen wir bei dem Genießen
die Augen nicht davor verschließen:
Danach – das lässt sich prophezei'n –
wird unser Land ein and'res sein!

Denn startet dann die Wirtschafts-Hatz
fehlt hier so mancher Arbeitsplatz,
im Einzelhandel allemal;
für mich ist es schon ein Skandal,

dass hier der kleine Laden schließt,
woanders jetzt der Umsatz sprießt,
also Amazon und Konsorten
krisenbedingt Gewinne horten.

Die dürfen. Kleine dürfen nicht;
die Logik sich wohl widerspricht.
Drum kann die Konsequenz nur sein:
**Kauft künftig hier vor Ort nur ein!!!!**

## Corona und die Folgen

Das Virus hat uns voll im Griff[2],
wir sind ein Leck geschlag'nes Schiff,
und man versucht, während es tropft,
dass man die vielen Löcher stopft.

Weil du um alte Eltern bangst,
dich plagt existentielle Angst,
siehst vor Probleme dich gestellt
auch in Bezug auf uns're Welt.

Doch wenn das Leid man mal missachtet
und es ganz nüchtern mal betrachtet,
dann lässt mich ein Aspekt doch hoffen,
wovon die Jüngeren betroffen:

Man riet uns dauernd und kompakt:
vermeidet den Sozialkontakt!
Doch nie hat man in Krisenwochen
von Sexualkontakt gesprochen!

---

[2] *Frühjahr 2020*

16

Wir werden ja mit Engelszungen
zur Zweisamkeit quasi gezwungen.
Amtlich verordnet wird das Treiben
gewiss nicht ohne Folgen bleiben,

weshalb – weil Menschen Nähe suchen –
Statistiker es gern verbuchen,
dass die Geburtenzahl behände
steil ansteigt wohl zum Jahresende,

Die Leiden wird's bestimmt nicht mindern,
doch die Geburt von vielen Kindern
wird rein statistisch dazu führen,
Verluste zu relativieren.

## Corona - Erfahrungen

Vorm Einkaufszentrum eine lange
altersgemischte Käuferschlange.
Und jeder mit 'nem Einkaufswagen,
drum fang ich[3] an, mich auch zu fragen:

Macht hier das Ansteh'n wirklich Sinn?
Da kommt 'ne Mitarbeiterin,
spricht alle ält'ren Menschen an,
und sagt: Jeder von ihnen kann

sofort hinein und ohne warten
den Einkauf drinnen zügig starten.
Man will –und glaubt, es würd' was nützen-
Risikogruppen besser schützen.

Ich staunte deshalb auch nicht schlecht,
mir war es peinlich, aber recht.
Erstmals, dass ich 'nen Vorteil spür',
seit ich den Titel „Rentner" führ'.

---

[3] *in der Realität war es mein Freund Jürgen*

# *Worte*

## Absurd

Ein Richter ohne Konfession,
ja, sowas gibt es bei uns schon.
Doch wenn ein Gauner – so ein Mist -,
der'n gottloser Geselle ist,

von diesem Richter– was verwirrt –
hier ins Gebet genommen wird,
sieht der, der's hört, doch nicht versteht,
darin große Absurdität.

## Anglizismen 1

Hältst inn're Einkehr du im Stillen,
nennt man das heute neudeutsch „chillen".
Kannst du den Sinn nicht gleich entdecken
von etwas, tust du es nicht „checken".

Bei der Planung einer Reise
vergleich' ich gerne mal die Preise.
Die <u>Deutsche</u> Lufthansa – o Mann –
spricht mich mit diesem Slogan an

und denkt sich nicht mal was dabei:
„This is the better way to fly!"
Im Fernseh'n (heut' sagt man TV)
gibt's Quiz (ich nenn' das Rateschau).

Haut da ein ziemlich kluger Kopf
mit blanker Faust auf roten Knopf,
dann spielt er „Hau den Lucas" nicht,
nein, dann vom „buzzern" man wohl
spricht!

## Anglizismen 2

Tagtäglich – es kommt zigfach vor -
dringt Anglizismus an mein Ohr.
Wir brüsten uns ganz offenbar
mit englischem Vokabular,

obwohl – wenn's nach Statistik geht –
ein Großteil englisch nicht versteht!
Trotzdem müllt man das Volk partout
mit Werbung ganz auf Englisch zu.

So schleichen sich dann leider auch
Begriffe in den Sprachgebrauch,
die man tagtäglich mehrfach nennt,
die aber 'n Engländer nicht kennt.

Beispiel gefällig? Beautyfarm;
für Frauen hat sie großen Charme.
Ein Brite fragt sich dabei laut:
Wird denn hier Schönheit angebaut?

'Ne Frau, die modisch sich bewegt,
die Tasche nah am Körper trägt,

21

ein Bodybag für Schnick und Schnack,
der Brite kennt's als Leichensack!

Ein Handy[4] – oft besprach man's schon –
heißt auf der Insel „mobile phone".
Englisch heißt's definitiv
„griffbereit", ein Adjektiv.

Treffen sich hier Autofreunde
als die Oldtimer-Gemeinde,
tut sich der Brite damit schwer,
denn er versteht hier gar nichts mehr,

und sagt natürlich gleich „Attention,
ich sehe hier nur ält're Menschen".
Im Herbst trägt man – das ist ganz nett –
Pullunder unter dem Jackett.

Kein Brite weiß, wovon man spricht,
das Wort gibt es dort nämlich nicht!
Der Showmaster, der moderiert
bei uns 'ne Gala routiniert.

Auch hier stutzt man im Britenland,
denn der Begriff ist unbekannt.
Wird in der Gala – siehe oben –
ein Shootingstar auf's Schild gehoben,

---

[4] *siehe auch Seite 69*

ist man im Königreich geeint,
dass Sternschnuppen man damit meint.
Und last – not least – in der Beziehung
erwähne ich das public viewing,

das man bei uns – ich muss da schlucken -
bezeichnet gern als Rudelgucken.
Da fällt der Engländer vom Stuhl,
er schnappt nach Luft, ist gar nicht cool.

Für ihn ist das – weiß ich genau -
'ne öffentliche Leichenschau.
Doch sollte man nicht ganz vergessen,
dass über Jahre sich indessen,

manch' deutsches Wort dann auch inzwischen
ins Englische hat eingeschlichen.
Denn Rucksack, Bratwurst, Sauerkraut
hat man in Deutsch sich abgeschaut,

und children bringt man lebensfroh
zum Kindergarten sowieso.
Doch uns're Kinder – was für'n Witz –
bezeichnen wir hier nur als Kids.

## Begrüßung

Wenn sich zwei Taschendiebe sehen,
begrüßt man sich, ich kann's verstehen:
„Wie geht's?" Die Antwort heißt bestimmt
und äußerst klar: „ So wie man's nimmt!"

## Beim Augenarzt

Der Doktor spricht zu dem Patienten:
„Ob Sie die Zahlen lesen könnten?"
„Welche Zahlen? Kann nichts sehen!"
„Na die, die an der Tafel stehen!"

„An welcher Tafel?" „Vor der Wand!"
„ne Wand?" Die hab' ich nicht erkannt."
„Sie brauchen – das ist mein Befund –
statt Brille einen Blindenhund!"

Da fragt er ziemlich vorwurfsvoll,
„was mit 'nem blinden Hund ich soll?"

# Beim Standesamt

Auf des Standesamtes Stube
erschien vor kurzem die Frau Grube
und sagt zum Behördenmann:
Ich melde meine Tochter an!

Was hab'n sie auserwählt als Name
für die neue Erdendame?
Claire, erklärt sie stolz, mit C.
Der Amtmann stutzt und sagt: Herrje,

Sie sollten's nochmal überlegen,
ich find' die Namenswahl verwegen,
denn irgendwann im Freundes-Chor
stellt sie sich als „Claire Grube"[5] vor!

---

[5] *(Klärgrube)*

## Beschreibung

Ein Mann wird – grad bei schönen Frauen –
auf die Figur bewundernd schauen.
Doch zu erklär'n, wie schön sie wär',
fällt ihm dann sprachlich ziemlich schwer,

weil ihm – das kann man nicht verhehlen –
dafür die richt'gen Worte fehlen.
Deshalb malt er dann – jede Wette –
mit Händen ihre Silhouette.

Ein Gentleman dagegen fände
die richt'gen Worte ohne Hände!

## Branchen- und situations-
## bedingte Sprüche

Man sagt schon mal – ob Ernst, ob Spaß –
zu manchen Themen dies und das.
So mancher Spruch ist ein gescheiter,
ein and'rer wiederum ist heiter.
Denkt der, der's hört, nach oder lacht er?
Das liegt an ihm wohl, dem Betrachter.

Ich falle – spricht ein Mann laut aus –
sehr gerne mit der Tür ins Haus.
Er arbeitet - das macht es heiter -
beim SEK als Einsatzleiter.

Bei viel beruflichem Getue
schalt' einfach ab, genieß' die Ruhe!
Der Rat klingt gut, nur dann wohl
nicht,
wenn ihn 'ne Krankenschwester
spricht,
die pflegt die Kranken ewig schon
auf einer Intensivstation!

Ich mag Menschen, die sehr offen.
Das klingt gut, doch macht's betroffen,

weil's manchem dann wohl nicht behagt,
wenn's ein Chirurg zu einem sagt!

Wenn sich der Mensakoch mal outet,
erfährt man, dass sein Credo lautet:
Ich sorge ohne Zeugnisnote
für einen hohe Durchfallquote!

Man kann es hören und auch spüren:
das Gewitter, doch passieren
kann einem nichts, auch wenn es
blitzt,
wenn man in einem Auto sitzt.
Darauf hat sie vor gar nicht langer
Zeit vertraut; jetzt ist sie schwanger!

Die Freunde -ohne sich zu schämen–
behandeln amouröse Themen.
'nen Dreier – hieß es ganz leger –
zu schieben, sei ja wohl nicht schwer.

Da widersprech' ich aber glatt.
Wenn's Tanken man vergessen hat,
geht's Schieben meines Dreiers ganz
gewiss schon sehr an die Substanz!

## Blumen-Hochzeit

Kennt ihr – was ich mal offen frag' –
wohl einen Blumen-Hochzeitstag?
Sie ist verwelkt nach langer Frist,
derweil er schon verduftet ist!

## Callcenter

In Callcentern der ganzen Welt
sind viele Menschen angestellt,
die in den riesengroßen Läden
als erste mit den Kunden reden.

Ob man sie – frag' ich unverklemmt –
wohl Callboys oder Callgirls nennt?

## Das Findelkind

Wir haben neulich 'nen gesunden
Säugling im Betrieb gefunden.
Und niemand weiß, wo er stammt,
weshalb wir ja das Jugendamt

davon schnell informieren müssen,
doch wollt' den Hintergrund man wissen,
drum stellte uns're Chefetage
die prinzipielle Grundsatzfrage:

Kann diese kleine Baby ein
Produkt aus uns'rer Firma sein?
Drei Wochen wurde dann beraten
in abgeschirmten Kemenaten,

bis man eine Entscheidung findet,

die man auch ausführlich begründet:

Der Säugling, der so zart und klein,

kann nicht aus uns'rer Firma sein!


Es war sehr vieles abzuwägen,

doch steh'n drei Gründe dem entgegen:


1.  Nichts kam jemals aus dieser Stätte,

was Hand und Fuß besessen hätte!

2.  Mit Lust und Liebe statt mit Kraft

hat hier noch keiner was geschafft!

3.  Dass nach exakt ¾ Jahr

was fertig wird. Unvorstellbar!

## Das Geschenk

Ich danke, sagt Fritz ungelenk,
sehr herzlich für dieses Geschenk.
Die Tante fühlt sich sehr geehrt
und meint, 's sei nicht der Rede wert.

Das, sagte Fritz, mein' ich ja auch,
doch Dank –sagt Mutti- wär' ja Brauch!

**Das Hungertuch**

Der Besitzer leerer Taschen
(das wird keinen überraschen)
ist – man spricht es gelassen aus –
arm wie eine Kirchenmaus.

Und – als ob's noch nicht genug –
er nagt zudem am Hungertuch.
Den Ausdruck, den versteht man glatt,
er gilt für den, der Hunger hat

und dem das Geld fehlt für das Essen.
Doch int'ressiert mich unterdessen,
welches Wort der Fachmann wählt,
wenn's Geld auch für Getränke fehlt?

## Das leere Glas

In meinem Stammlokal um vier
trank ich aus Frust schon vier, fünf Bier.
Der Ober, der mich lang schon kennt
und mich beim Vornamen nur nennt,

fragt: 's Glas ist leer. Willst du noch eins?
Ich antworte: Mein lieber Heinz,
sag' mir, was ich hier sorgenvoll
denn mit zwei leeren Gläsern soll?

**Das passende Wort**

Zwei Männer – hautfarblich konträr –,
die trafen sich per Zufall eh'r.
„Ich sehe schwarz!" der Weiße spricht.
„Ich weiß!" Mehr sagt der Schwarze nicht!

Ein Blinder fragt sehr einfühlsam
„Wie geht's?" jemand, der völlig lahm.
In dem Versuch, es zu verstehen,
antwortet der Lahme: „Wie Sie sehen!"

## Der alte Fritz

Die Story hier ist wahr, kein Witz:
Am Hof von unser'm alten Fritz
(oder korrekt Friedrich der II.)
beschäftigte man viele Leute.

So auch – wie's überliefert ist --
Joachim Quantz (Hofkomponist).
Der König, der sich volksnah fand,
war sehr für Ironie bekannt.

Weshalb er – offen und versteckt –
auch Quantz mitunter gerne neckt.
Auf Noten, die ihm wohl missfielen,
schrieb er mit gar nicht mal so vielen

Worten knapp auf eine Seite:
*„Quantz ist ein Esel! Friedrich der II. "*
Als er den Komponisten sah,
war überrascht er: nichts geschah!

Drum fragt er Quantz charmant und nett,
ob der den Satz gelesen hätt'.
„Natürlich!" „Und: was sagen Sie?"
„Nichts!" „Na dann bitt' ich Sie,

ihn nochmal deutlich laut zu lesen!"
Als wär es ganz normal gewesen,
las Quanz (der sich schon heimlich freute):
*„Quantz ist <u>ein</u> Esel! Friedrich der zweite!"*

**Den Hof machen**

Machst du als Jüngling – was nicht doof –
'ner jungen Dame sehr den Hof,
denk an die Folgen, denn die wären:
den Hof musst du dann später kehren!

# Der Bauer

Ein Bauer nennt zum eig'nen Ruhm
'nen großen Hof sein Eigentum,
auf dem – sieht kilometerweit
man – das Getreide gut gedeiht.

Doch nun wird's ihm im Magen flau,
denn er hat Streit mit seiner Frau,
die - weil für sie er ein Chaot -
ihm jetzt sogar mit Trennung droht.

Er bittet, bettelt, gibt sich treu,
doch sie bleibt standhaft; 's ist vorbei.
Sie würd' ihm sehr, sehr viel verübeln,
dann kam er ziemlich stark in's Grübeln,

als sie ihm sagt: Ich glaub', du spinnst,
sieh zu, dass du bald Land gewinnst!

**Der Fahrausweis**[6]

Steigt man zum Fahr'n in's Auto ein,
benötigt man den Führerschein.
Und den Begriff, den alle kennen,
will anderswo man umbenennen.

„Fahrausweis" plant man in der Schweiz,
auch „Führerausweis" hat wohl Reiz.
Den Fahrausweis – logisch vollkommen -
hat man aus eng'rer Wahl genommen,

denn bei deutschsprachigen Nationen
gäb's sprachlich nur Komplikationen:
Ein Schweizer fährt – ganz angetan
von Deutschland – mit der Bundesbahn.

Er ist begeistert, fasziniert,
da kommt der Schaffner, kontrolliert.
Dank Uniform autoritär,
„die Fahrausweise, bitte sehr".

---

[6] *inspiriert von Bastian Sicks „Zwiebelfisch"*

„Das ist“ spricht da der Eidgenosse
„nun wirklich mehr als eine Posse,
ich fahre Zug, wenn ich verreis‘,
wozu brauch‘ ich ‘nen Fahrausweis?

Denn schließlich“ er ist voll in Rage
„fehlt’s Auto mir und die Garage!“
„Bei uns - auf Obrigkeitsgeheiß –
benötigt man ’nen Fahrausweis!“

Mit einem Griff in sein Jackett
sagt er, er hätte ein Billet.
„Das“ sagt der Mann mit Preußengeist
„braucht in der Oper man zumeist.

Hier gilt – was schließlich jeder weiß –
ausschließlich nur der Fahrausweis!“
Der Schweizer, der Verzweiflung nah,
Deutschland mit andern Augen sah.

## Der Buchhalter

Man weiß es schon seit Alters her:
Lit'ratur ist oftmals schwer.
Ist Schreibstil und die Story seicht,
bezeichnet man sie gern als leicht.

Ich frag' mich, hat wer je erkannt,
der'n Buch fest hielt in seiner Hand,
ist es ein Leicht-, ein Schwergewicht?
Ich glaube, eher doch wohl nicht!

Die Antwort kann nur einer nennen,
den wir aus Amtsstuben gut kennen,
der Bücher täglich – und für Geld –
als Buchhalter in Händen hält!

## Der Maler

Geh'n ihm Motive aus, kann's sein,
dem Maler fällt rein gar nichts ein.
Dann ist die Lösung nicht sehr schwer:
Es muss ein Einfaltspinsel her!

## Der Spaziergang

Die Sonne scheint, es grünt und blüht,
Natur, soweit das Auge sieht,
das lädt besonders hier am Rhein
die Menschen zum Spaziergang ein.

So folgt auch – das schon jahrelang -
ein Paar mit Tochter diesem Drang.
Doch anders als in früh'ren Zeiten
durft' sie der Freund erstmals begleiten.

Entspannt ging es durch Wald und Flur
und sie genossen die Natur.
Als sie so ihres Weges gehen,
sich satt an dieser Landschaft sehen,

die Eltern – reg' sich unterhaltend –
die Kinder – innigst Händchen haltend –.
Da kriegt die Mutter einen Schreck,
sie dreht sich um, die Kinder weg,

„Sie war'n doch hinter uns, oh nein!
Was machen sie?" hört man sie schrei'n.
Der Vater, weniger beklommen,
sagt emotionslos nur: „Nachkommen!"

46

**Der Wasserhahn**

Tropft der Wasserhahn, so spricht
man gleich, der ist nicht dicht.
Ist der Schaden repariert,
ob dieser Hahn dann Dichter wird?

# Der Zirkel

Der Zirkel ist – wie jeder weiß -
seit eh ein Sinnbild für den Kreis.
Er liegt nebst einem Blatt Papier
auf einem Schreibtisch gleich vor dir.


Damit malst du ganz elegant
jetzt einen Kreis, fragst dich gespannt:
Ich sitz' vorm Kreis, total leger.
Bin ich jetzt „Kreis-Vorsitzender"[7]?

---

[7] z.B. einer politischen Partei oder eines Verbandes

48

## Die Blindschleiche

Man weiß, dass auch die blinden Schleichen
den Liebeshöhepunkt erreichen.
Für mich stellt sich - zunächst noch vage -
daraus sogleich die klare Frage:

*erblickt* nun so ein Schleichenkind
das Licht der Welt? Es ist doch blind!
Wird's später dann (weiß nicht, wie lange)
dank Sehhilfen zur Brillenschlange?

## Die Wellen

Ach Schatz, wie ist der Urlaub schön,

ich möcht' sofort ins Wasser geh'n.

Schatz, siehst du, wie mich Wellen küssen?

Ja, Mausi, doch du solltest wissen

(sagt er mit Grinsen, einem frechen)

dass hinter dir die Wellen brechen!

# Dilemma

Es gibt in der Studentenrunde
mit dem Professor Fragestunde.
Dort stellen die Studenten eben
Fragen aus dem wahren Leben.

„Wenn Sie bitte so freundlich wären,
uns das Dilemma zu erklären!"
„Stell'n Sie sich vor – das wär' doch nett –
Sie lägen mal zu Dritt im Bett.

Links eine wunderschöne Frau
mit einem tollen Körperbau,
rechts – und das erkennt man schnell –
ein Mann, der homosexuell.

Da taucht's Dilemma auf im Nu:
Wem wenden Sie den Rücken zu?"

# Entschuldigung

Ein Pfeil, vom Bogen abgeschossen,
das Leben, das bisher genossen,
Gelegenheiten, die versäumt
und Träume, die man einst geträumt,

das alles kommt wohl nicht zurück,
genauso wie's im Augenblick
gesproch'ne Wort, 's ist einfach da,
drum – wird empfohlen - soll man ja

(gilt für die Jungen und die Alten)
vor'm Reden das Gehirn einschalten!
Wenn böse Worte, die verletzen,
dir schon die Zunge vorne netzen,

schluck sie herunter – ungesagt –
und danach wirst du unverzagt
erkennen, dieser eine Schluck
vermindert plötzlich jeden Druck.

Nichts wird dich danach wirklich plagen,
denn du verdarbst dir nicht den Magen!
Willst du für gutes Einvernehmen
ein Wort von dir zurück mal nehmen,

brauchst du bestimmt – so nach Gefühl -
an Worten immer ziemlich viel.

## Essen

Gott schuf die Welt. Und es war klar,

dass irgendwann er fertig war.

Voll Stolz er sich dem Werk zuwendet,

nachdem er's Ruhrgebiet vollendet,

und spricht – der Perfektion gewärtig –

zufrieden aus: „Essen ist fertig!"

# Gendern Sie richtig?

*Neben der Diskussion um angebliche rassistische Bezeichnungen wird zunehmend gefragt, ob unsere Sprache zu sexistisch ist. Werden Frauen durch Wörter wie "Studenten", "Besucher" und "Fußgänger" diskriminiert? Die Folgen dieser Diskussionen sind GAP's, Unterstriche oder Sternchen zwischen der maskulinen Form und der femininen Endung eines Wortes, die der sprachlichen Gleichbehandlung aller sozialen Geschlechter dienen soll.*

Hier in unsern deutschen Landen
fühl'n Frauen sich wohl unverstanden.
Deshalb wollen sie was ändern:
alle sollen richtig gendern!

Ich frag' mich nicht zum ersten Mal
(und zwar ganz geschlechtsneutral)
was das Gendern – wenn's gelingt –
den Frauen denn nun wirklich bringt?

Denn schließlich ist so'n Gender-Gap
ein sprachlich schweres Handicap.
Den Unterstrich oder den Stern
hätt' manche wohl als Standard gern,

dabei weiß man doch längst genau,
allein hilft das wohl keiner Frau.
Und drum mach' ich mich nicht zum Depp,
ich nutz' ihn nicht, den Gender-Gap.

54

Vielmehr setz' ich mich dafür ein:
lasst Frauen gleichberechtigt sein.
Bezahlt sie gleich gut wie 'nen Mann,
wenn sie das gleiche tut und kann.

Auch Mütter, die allein erziehend,
um Kind und Job sich stets bemühend,
haben von Einkunfts-Zugewinnen
mehr als von Bezeichnungen mit *_innen.

Das aber fordern – wie ich höre -
vermehrt jetzt uns're Sprachjongleure.
Sagt man **„der Mensch"**, ist – das wär'
wichtig -
**„die Menschin"** durchaus folgerichtig!

Auch müsst' der Bundespräsident
bei Bürgerreden konsequent
so seine Ansprachen beginnen:
**„Liebe Deutsche und Deutschinnen".**

Besitzt ein Mann – es wär' zum Schrei'n –
demnächst 'nen **Führer*_innenschein**[8]?

*(Am Rand: der Name Führerschein
wird bald wohl auch verboten sein,
denn er zeugt als Begrifflichkeit
von dunkelster Vergangenheit.*

---

[8] *s. Seiten 42 und 93*

55

*Was früh die DDR erkannte*
*und ihn schnell „Fahrerlaubnis" nannte.*
*Das Taktgefühl abhanden kam,*
*als sie die Reichsbahn übernahm!*

Der Chef mit Genderkompetenz
lädt ein zur Führungskonferenz.
*„Liebe Abteilungsleiter*_innen"*
muss er die Einladung beginnen,

obwohl – was er nicht ganz versteht –
der Kreis aus Männern nur besteht!
Mit altem Weltraumterminus
ist irgendwann wahrscheinlich Schluss.

Die Raumfahrt, die bisher bemannt,
wird jetzt „bemenscht" korrekt genannt,
weil mittlerweile ja auch Damen
die ISS besuchen kamen.

Wenn eine Frau ihr Rad vermisst,
weil sei es irgendwo vergisst,
reicht ein Appell, fünf Worte bloß:
„Wer fand ein Fahrrad – damenlos"?

Man sieht: *Expert*_innen* begannen
die deutsche Sprache zu entmannen!
Ziel linguistischer Behandlung:
die sprachliche Geschlechtsumwandlung!

Will das denn wirklich jemand hören?
Soll man nicht eh'r Verständnis mehren,
bis auch die ganze Männerwelt
Frauen für gleichberechtigt hält!

Dafür steht mit der Frauenquote
ein Instrument doch zu Gebote.
Doch Hoffnung daran wird getrübt,
weil's so viel Frauen gar nicht gibt,

die sich für Jobs, die anvisierten
durch Ausbildung qualifizierten.
Und zwar nicht, weil sie es nicht wollten,
doch weil dem Bild Tribut sie zollten,

das einst die Männerwelt erschuf:
sie macht Familie, er Beruf!
Doch dieses Bild hat längst schon Risse,
manch' Mann hat schon Gewissensbisse,

muss mittlerweile anerkennen,
dass Frauen doch vielmehr wohl können,
als Wortfugen _ jetzt einzuführen
und sich durch Stern * zu definieren.

Spinnt man im gendergeilen Hirn
ihn weiter, diesen Unsinns-Zwirn,
erreicht man - wofür manches spricht –
das Ziel für Frauen sicher nicht.

Doch hilft vielleicht die Frauenquote
für schwarze, gelbe, grüne, rote
(was ich einmal zu hoffen wag')
Mandatsträger im Bundestag.

Der vergrößert sich seit Jahren,
hier könnt' man viele Kosten sparen,
statt's Plenum ständig aufzubläh'n
soll's hälftig nur aus Frau'n besteh'n.

Da Damen nicht genug vorhanden,
hätt' man's auf einen Schlag verstanden,
den Bundestag zu reduzieren,
und könnte sich noch gratulieren!

Im Bundeskabinett jedoch
sitzen Frauen noch und noch,
sieben nämlich und neun Männer,
geführt von einem Dauerbrenner

(oder besser *„..brenner*_in"*):
eine Bundeskanzlerin,
die ihren „Mann" (wer das versteht?)
knapp 16 Jahre super steht.

Sie hat im Amt ganz routiniert
das Feminine zementiert.
Drum sucht man jetzt mit Hintersinn
'ne maskuline Kanzlerin!

58

## Essig

Was kugelrund ist, nennt man bauchig.
Riecht was nach Qualm, dann stinkt es
rauchig.
Hast du im Restaurant gespeist,
riecht deine Kleidung dann zumeist
nach Essen. Ist's hier unzulässig,
mal nach zu fragen: Stinkt sie essig?

# Floskeln[9] und Phrasen[10]

Zum Wortstamm „*Floskel*" fällt mir ein=
er ist lateinisch: „Blümelein".
Im Wissen dessen wundert's nicht,
dass man oft durch die Blume spricht.


Es würde auch sehr hilfreich sein,
stünd' überall ein *Phrasen*schwein,
zum Zehner würd' dann der verpflicht't
der eine hohle Phrase drischt.


Mitunter lauscht man (auch ich tu's)
schon mit Interesse Interviews.
wenngleich die Fragen, die man frug,
meist alles andre sind als klug!


Die Antworten, die mancher gibt,
sind auch nicht groß von Geist getrübt.
Und es gibt kaum 'ne Antwortphase
ohne Floskel, ohne Phrase.


„***Wie gesagt***". So klingt's im Ohr,
doch kommt mir's unverständlich vor,
denn wer bisher kein Wort gesprochen,

---

[9] *nichtssagende, formelhafte Redewendung*
[10] *abgegriffene, nichtssagende Aussage, Redensart*

60

blamiert sich so bis auf die Knochen!
Ich frag' mich schon seit langen Zeiten:
kann „wie gesagt" andres bedeuten?
Könnt's sein, dass man ganz ungeniert
einen Dritten hier zitiert?
So dass man sich mit Recht doch fragt,
was ganz genau Herr *Wiege sagt*!

'ne andre Floskel – grad ein Hit –
***„da gehe ich ein Stückweit mit"***.
Was ist ein Stück? Ist's groß, ist's klein?
Kann's rund oder auch eckig sein?
Oder hat es 'ne Würfelform?
Der Fragendruck ist hier enorm.
Und was ist weit? Kurz oder lang?
Und wie ist der Zusammenhang?
Muss man jetzt selbst und mit Geschick
ermitteln, wie groß ist so'n Stück?
Wie breit ist es und auch wie lang?
Das unterliegt des Hörers Drang.

Wenn Schlimmes hier bei uns passiert,
ist jeder von uns sehr schockiert,
dann hört sehr oft die Vokabel:
das ist total ***inakzeptabel***!
Wer was nicht akzeptieren kann,
der muss es ändern, dann und wann;
doch was passiert dann? Nitschewo,
denn danach heißt es: weiter so!

Genauso wie ich Krätze kriege,
wenn ich im Clinch mit jemand liege,
pragmatisch schnell die Lösung such',
dann löst sich schnell bei mir ein Fluch,
wenn's heißt: aus den erklärten Gründen
wird'n wir 'ne Lösung **zeitnah** finden.
Was heißt nun nah? Etwa sofort,
meint „sehr viel später" dieses Wort?
Und wieso ist die Zeit uns nah?
Die ist an sich doch immer da!
So wird man – ich kann's gar nicht fassen –
mit dem Problem allein gelassen!
Ich werd' zu fragen niemals satt,
welch' Dimension die Zeit wohl hat.

Aber die Spitze des Geschwätzes
ist wohl die **Härte des Gesetzes**,
mit der man reagieren müsse,
der Satz geht mir voll auf die Nüsse,
denn sie erreicht die Übeltäter
weder jetzt und auch nicht später,
weil - das tut sich ja öfter zeigen –
zur Milde uns're Richter neigen.

Und noch 'ne Phrase, die mich stört
und die man immer öfter hört:
„Der Zustand, der ist **unerträglich**",
trotzdem geschieht nichts; ich find's kläglich!

Der Staat haut mächtig auf den Putz,
er droht mit dem **Verfassungsschutz,
beobachtet** auf diese Weise
gewisse sehr suspekte Kreise.
Auch das ist oft 'ne leere Phrase,
denn in der Überwachungsphase
schießt man sich – das versteht' ich nie -
durch V-Leute ins eig'ne Knie.

Ein sehr bekanntes Phrasenwort
erreichte Nutzungs-Weltrekord:
„**Unbürokratisch**" - ach wie toll -
Geschädigten man helfen soll.
Das heißt jedoch im Umkehrschluss,
ist sonst der Bürokratenstuss,
der uns von jedem Amt bekannt,
systembedingt schon relevant?

Mit noch 'ner Phrase - knüppeldick –
verprügelt uns die Politik:
Der **Datenschutz**, EU-gewollt,
dem wird hier viel Tribut gezollt,
mit dem Ergebnis, dass auf Erden
Straftaten aufgeklärt nicht werden.
Man ist den Tätern zugeneigt,
Verständnis kaum für Opfer zeigt!

Wenn man wem „*Alles Gute!*" wünscht,
wird dadurch doch wohl übertüncht,
dass man in eigennütz'ger Welt
das Beste nur für sich behält!

Und selbst die Frage, *wie's dir geht*,
die ist an sich schon obsolet.
Niemand erwartet nämlich trist
'ne Antwort, die sehr ehrlich ist.

Dem Phrasendrescher sei gesagt,
dass ihn ein Risiko sehr plagt:
er wird nicht ganz aus freien Stücken
daran zwangsläufig schnell ersticken.

Die Phrase nutzt nur jenen Knaben,
die sonst kaum was zu sagen haben!
Denn bei dem Philosophen heißt es =
Phrase -> das WC des Geistes.

Und: Phrasen sind trotz großer Posen
Versammlungsort der Meinungslosen
Fazit: Schickt ihr Worte über'n Äther,
sprecht doch bitte viel konkreter!
!

**Figaros Hochzeit**

Zwei Damen, die sehr nachbarlich
verbunden sind, die sehen sich
und reden über dies und das
(und Themen gibt es da en masse).

Zum Abschied schütteln sie die Hände.
„Was macht Ihr denn zum Wochenende?"
„Wir werden – das wird sicher schön -
wohl zu „Figaros Hochzeit" geh'n.

Steht Euch danach nicht auch der Sinn?"
„Nein, wir schicken nur Blumen hin!"

## Gesichter machen

So vieles wird dahin gesagt,
weil man den Sinn nicht hinterfragt.
„Was machst du denn für ein Gesicht?"
Wer kennt wohl diese Frage nicht?

Ich kenne niemand (weil's so schwer),
der einfach in der Lage wär
(den Schönheitschirurg ausgenommen)
und ein Gesicht macht, was vollkommen.

Könnt' ich es, ich wär' glücksberauscht,
bei manchem hätt' ich's ausgetauscht.

**Gespräch unter Freunden**

Du hast nun seit geraumer Zeit
um deine Susi sehr gefreit.
Hast du es endlich denn vollbracht
und ihr 'nen Antrag jetzt gemacht?

Jawohl. Doch werd' ich warten müssen,
sie sagte nämlich ganz beflissen,
ich wär' – und das ist wohl die Hürde –
der Letzte, den sie nehmen würde!

## Götz

Soll ich euch mal zum Schwitzen bringen?
Dann frag ich mal nach 'nem Zitat
aus Schillers „Götz von Berlichingen".
Wer hat von euch wohl eins parat?

Doch bitt' ich euch, es laut zu sagen,
und zwar auch coram publico,
jetzt überfällt euch Unbehagen
und ihr sagt deshalb sofort: NO!

Dabei – hätt' man den Götz studiert –
wär Scham wohl völlig unbegründet,
weil der, den es auch interessiert,
dort viele weit're Sprüche findet.

Zum Beispiel jenen, den im Land
schon manche auf den Lippen hatten:,
der sagt, sehr kurz und auch prägnant:
Wo viel Licht ist, ist viel Schatten!

# Handy[11]

Der Brite nutzt seit Jahren schon
(denn er findet das trendy)
sehr intensiv sein mobile phone.
Der Deutsche nennt das Handy.

Wenn man dies Wort dem Briten sagt,
fragt der: „Was hat der „kraut" gesagt?"
Was wir verenglischt umbenannt,
im Commonwealth ist's unbekannt.

---

[11] *s. Seite 22*

**Hin und her**

Ein jeder von uns wird es wissen:
man ist mal hin-, mal hergerissen.
Wird sie in einer Schönheitsfarm
hergerichtet, hat das Charme.
Dagegen wird von Frust berichtet,
wird wer als Täter hingerichtet!

# Hochachtungsvoll

Ein Mensch[12], dem du bisher vertraut,
mit dem du etwas aufgebaut,
hat dich – vermutest du – in langen
Jahren schmählich hintergangen.

Hat dich in dieser Zeit belogen,
auch finanziell sehr oft betrogen
und auch bei Freunden – ungeniert –
hat er dich sehr diskreditiert.

Du wehrst dich jetzt, hast du beschlossen,
schreibst diesem üblen Zeitgenossen
'nen Brief, der es wohl in sich hat,
er wär' der größte Lump der Stadt,

er hätt' erkennbar kein Benehmen
und überhaupt, soll sich was schämen!
Du drohst, ihn in den nächsten Tagen
wegen Verleumdung zu verklagen.

Dann unterschreibst du voller Groll
den Brief doch mit „hochachtungsvoll"!

---

[12] *angeregt durch Eugen Roth*

71

**Hunger**

Ich habe mich schon oft gefragt,
ob wir Analphabeten,
wenn die der große Hunger plagt,
einen Gefallen täten,

würde ihnen hier und jetzt
Buchstabensuppe vorgesetzt?
Und weiterhin frag' ich mich glatt:
Würden die davon wohl satt?

## Kotflügel

Wenn von des Menschen Exkrementen
einige auch fliegen könnten,
dann wüsste man – nur angedeutet –
was Kotflügel an sich bedeutet.

## Leergut

Von leeren Flaschen ist umringt,
wer gern zu Haus ein Bierchen trinkt.
Drum soll man heute eh'r als morgen
die Flaschensammlung schnell entsorgen.

In Kästen werden sie sortiert,
doch was man nicht so schnell kapiert,
dass ihr dabei von Leer*gut* sprecht!
Sind Flaschen leer, find' ich's eh'r schlecht!

## Meteorologisches

Gießt es im Sommer mal in Strömen
vom Elsass bis hinauf nach Böhmen,
dann liegt das sicher an den Damen,
denn Tiefs tragen nur Frauennamen.

# Migration

Das Wort kannt' man – sehr lang ist's her –
schon in der jungen DDR.
Die NVA wurd' aufgerüstet,
die Weltkriegswaffen ausgemistet,


MP war jetzt Kalaschnikoff,
das Frachtflugzeug hieß Antonow.
Die Russen, denen das gefällt,
lieferten alles, was bestellt.


Nur bei den Kampfjets – welche Schmach -
kam wohl die Produktion nicht nach.
Drum wurden – Staatsrat war frustriert -
die Liefermengen reduziert.


Und so erhielt die Division
nur eine kleine MIG-Ration.

**Moin**

Es ist wohl allgemein bekannt,
dass Menschen im Ostfriesenland
(was ich durchaus sympathisch find')
sehr freundlich und doch wortkarg sind.

„Moin" sagt Hein zum fremden Mann.
Der schaut ihn ganz verwundert an.
„Kennen Sie mich?" Hein darauf spricht
(weil's stimmt): „Nein, nein, ich kenn' sie
nicht!"

„Und warum grüßen Sie mich dann?"
Cool schaut da der Ostfriesen-Mann,
der nichts an Klarheit eingebüßt
und sagt ganz kurz und knapp: „Ver-
grüßt!!!"

# Musikalische Sprachverwirrung

Dass sprachlich wir degenerieren,
will ich an Beispielen skizzieren:
„Cheri cheri Lady", klar,
bei uns ein Riesenohrwurm war.


In England – hab'n Sie's mitbekommen -
wurd' dieser Song nicht angenommen,
weil es dem Briten ziemlich graust,
wenn du dich sprachlich so verhaust.


Er kriegt 'nen Schreck, wenn dort beschwingt
man „Kirsche Kirsche Dame" singt!


„Standing in the crossfire"
fehlt' auf keiner Jugendfeier,
denn Bellamy Brothers Riesenhit
sang wohl die halbe Welt gern mit.


Bei uns wurd' daraus – was für'n Scheiß –
zum Frühstück erstmal 'n Himbeereis,
das man im Fahrstuhl – ach wie toll –
genießen kann beim Rock'n-Roll.


Das Hirn, das sowas produziert,
ist wahrlich voll degeneriert.
Doch warum reg' ich mit Geschnauf
mich vierzig Jahr' danach noch auf????


Denn heute (siehe Rap-Gewimmer)
- mein' ich - ist es ja noch schlimmer.

78

**Pralle Sonne**

Schläft mal dein Schwiegermütterlein

in praller Sonne sehr fest ein,

sich die Erkenntnis offenbart:

Hilde gart!

## Polizeikontrolle

In einer Polizeikontrolle
bittet man den Chauffeur, er solle
ihnen zeigen die Papiere,
und fragt, warum er so schnell führe?

Sie dürfen 50 hier nur fahren,
doch auf dem Tacho 100 waren.
Die Antwort hat er gleich parat:
Ich nutze stets den Tempomat,

ich schwör auf alles in der Welt,
dass der auf 50 eingestellt.
Das kann nicht sein, rief seine Frau,
das Ding, das weißt du ganz genau,

hast du im Leben nie berührt,
weil du nicht weißt, wie's funktioniert.
Er brüllt sie an, die eig'ne Frau:
Red' nicht so'n Mist, du blöde Sau!

Der Polizist, der leicht verstört,
weil er so etwas selten hört,
erklärt dem Fahrer dann alsbald,
dass er sich auch nicht angeschnallt.

Das kann nicht sein, er böse grollte,
als ich Papiere zeigen sollte,
musst – um die Brieftasche zu fassen –
den Gurt ich deshalb fallen lassen.

Doch seine Frau, die widerspricht:
Den Gurt benutzt du bisher nicht.
Halt bloß die Schnauze, blöde Kuh,
sonst stopf ich mit der Faust sie zu!

Der Polizist um Worte ringt,
weil ihn das so in Rage bringt,
und - um die Lage zu entschärfen -
tat drum die Frage er einwerfen:

„Spricht der zu Haus auch nur so'n Blech
oder ist er nur hier so frech?"
„Der redet leider stets so'n Mist,
wenn er – wie jetzt - besoffen ist!"

## Rasenpflege

Im Frühjahr muss in jedem Garten
man wohl des Rasens Pflege starten.
Experte bin ich nie gewesen,
drum habe ich mich eingelesen.

Damit die Gräser nicht gleich welken,
muss man schon mal den Rasen kälken.
Da fängt's schon an: auf Bergisch-Platt
fragt sich der Wuppertaler: Watt?

'n Källken[13] solle eck met dem kalten
Gartenboden erst noch halten?
Datt ist doch Quatsch. Wie soll datt geh'n?
Der kann mich ja doch nicht versteh'n!

Bis man mit Hochdeutsch-Expertise
mir sagte: Kalk muss auf die Wiese!
Zunächst soll man vor allen Dingen
den Rasen erstmals kräftig düngen.

---

[13] *auf hochdeutsch: Gespräch*

82

Das Wachstum wird so angeregt.
Was zu der Frage mich bewegt,
ob man auch einen kleinen Mann
mit Dünger größer machen kann?


Dann – tat mein Meister referieren –
muss man sofort vertikutieren,
denn dadurch wird der Boden locker.
Doch das haut mich erneut vom Hocker:


wär ich - sofern total verklemmt –
vertikutiert dann gleich enthemmt?
Nun bist du fertig. Doch was siehste?
Jede Menge braune Wüste!


Der ganze Aufwand, und dann das?
Bleib cool, durch Nachsaat wächst das
Gras,
das satte Grün gedeiht und sprießt,
doch wenn es nicht vom Himmel gießt,


musst du den Rasen richtig sprengen!
Spür' meine Venen ein sich engen.
Das notwendige Dynamit
verkauft ihr mir dann wohl gleich mit!!!

## Put – Put – Put

Ein Huhn pickt Körner, permanent.
Der Fachmann das wohl *IN-PUT* nennt.
Legt es ein Ei, nimmt er's ihm fort,
*OUT-PUT* ist hier's Expertenwort.


Endet das Huhn am Hähnchengrill,
nennt er's *KA-PUT*(t). Um's Huhn wird's still!
Also: mit PUT-PUT-PUT erkläre
perfekt ich eine Huhnkarriere.

**Start-up**

Wird es auf deinem Konto knapp,
dann gründe einfach ein Start-up,
denn jedwede Geschäftsidee
bringt Leben in dein Portemonnaie,

sofern dann auch die Qualität
deiner Idee die Chance erhöht,
am Markt sich schnell zu etablieren.
So wirst du davon profitieren.

Vielleicht fällt dir ja etwas ein,
es kann auch sehr Skurriles sein,
so wie ich es mit sehr viel Spaß
vor kurzem in der Zeitung[14] las:

Da gibt's jemanden – sehr gescheit –
der Brennholz kostenlos verleiht!
Der Mensch – ich habe sehr gelacht –
hat wohl nicht richtig mitgedacht.

Wer mir jetzt sagt: „Red' nicht so'n Scheiß!"
Hier steht es deutlich schwarz auf weiß:

**Brauche Platz!**
**KOSTENLOSER**
**BRENNHOLZVERLEIH**
50 m³ sofort verfügbar.
**Vom alte Fritz aus S.**

Kleinanzeige im „Hohenloher Tagblatt"

---

[14] *gefunden im SPIEGEL*

85

## Shoppen auf hohem Niveau

Als wir die zwei noch spielen sah'n,
Lothar Matthäus, Olli Kahn,
da gab's – was heute sonderbar –
den Monatslohn wohl noch in bar.

Schon damals ging nach Fußball-Kloppen
man gerne mal 'ne Runde shoppen.
Mit prall gefülltem Portemonnaie
fuhr'n sie in Lothars Sportcoupé

(weil man 'ne andre Wahl nicht hat)
nach München in die Innenstadt.
Fahr, lieber Lothar, mal rechts ran,
dort in dem Autoladen kann

(weil mein Interesse sehr erstarkt)
ich fragen, was so auf dem Markt.
Olli tritt ein und ist inmitten
unter Super-Nobelschlitten.

Auf einem bleibt sein Blick gleich hängen,
den Verkäufer muss er nicht drängen:
„Satte 410 PS,
der Kraftprotz glänzt mit viel Noblesse,

mit irrem Sound, 'nem richtig runden,
von Null auf Hundert: drei Sekunden!"
Den nehm' ich, sagt der Olli, klar,
und nebenbei: ich zahle bar!

Dann geb' ich Ihnen noch Rabatt:
430.000 glatt,
und Olli zählt und zählt und zählt,
und merkt am Schluss: ein wenig fehlt.

Moment, ich will den Freund grad fragen,
der wartet draußen dort im Wagen.
Hey Lothar, kannst du mir bis morgen
zweitausend für das Auto borgen,

das dort im Fenster gut zu sehen,
ich konnte da nicht widerstehen,
doch beim bezahl'n – wie dem auch sei -
hatte ich nicht genug dabei.

Der Lothar sich die Haare rauft.
Den Wagen hast du dir gekauft?
Hier sind viertausend und ich bitt',
bring mir dafür auch einen mit!

# Timbuktu[15]

Gedichtet wird nicht nur im Tal,
man reimt auch international.
So gab es in den USA
'nen Dichterwettstreit letztes Jahr.

Ein Stichwort und vier knappe Zeilen
ist für Poeten schwer bisweilen.
Die besten aller Verse schrieb
ein Rabbi und ein Playboytytp.

Die beiden standen im Finale,
es herrscht gespannte Ruh' im Saale.
Die Jurymänner und die –frau'n
baten, „TIMBUKTU" einzubau'n.

Sie haben – gab man zu bedenken -
nur fünf Minuten, nachzudenken.
Der Rabbi wurd' der Zweitplatzierte,
weil er dies Werk hier präsentierte:

---

[15] *(die Geschichte an sich einschl. der englischen Verse stammt nicht von mir, sondern aus einer unbekannten Quelle)*

*"I was a Rabbi all my life,
had no girlfriend, had no wife,
read the Talmud through and through
on my way to Timbuktu."*

Der Playboy siegte (weiß jetzt jeder),
er schrieb dies Werk mit spitzer Feder:

*„Tim and I to Brisbane went,
we met some ladies in their tent.
As they were three and we were two,
I booked one and Tim booked two."*

**Reiz**

Was – wollt' ich wissen – reizt genau

nach Jahr'n dich noch an deiner Frau?

Die Antwort kam wie im Akkord

kurz und präzise: jedes Wort!

**Rührend**

Mit Löffel - wenn ich's richtig seh' –
rührt man die Milch um im Kaffee.
Wer's tut, nennt man den wohl gebührend
(weil's richtig Sinn macht) dann auch rührend?

## Verpönte Worte

Da hab'n wir uns was eingehandelt!
Nur weil sich auch die Sprache wandelt,
da darf man – und das lässt mich stutzen –
bestimmte Worte nicht mehr nutzen,

denn die enthalten nun einmal
Diskriminierungspotential.
Ein sehr beliebter Gaumenkitzel
war jahrelang 's Zigeunerschnitzel.

Als Schnitzel mit 'ner scharfen roten
Sauce wird's nun angeboten.
Erinnert ihr euch an Karl May?
So manche Rothaut war dabei.

Damit wär' er heut' angeeckt,
das wär' politisch unkorrekt.
Ernst Neger bracht' im Karneval
Riesenstimmung in den Saal.

Er hieß heute unzweideutig
wahrscheinlich auch Ernst Dunkelhäutig.
Für mich war einst der Negerkuss
ein absoluter Hochgenuss.

Der Kuss, der blieb; statt Neger Schoko:
so liebt's korrekt wohl uns're GroKo.

Apropos Mohr: Um „Räuber" (Schiller)
würde es wohl sehr viel stiller,

denn ändern müsst' man sowieso
den Franz Moor (mit Doppel-O).
Und Schiller muss nochmal dran glauben
(er wird im Grab wohl mächtig schnauben),

denn bei Fiesco kommt ein Mohr
bekanntlich ziemlich häufig vor.
Der Mohr, der dort im Liebeswahn,
hat seine Schuldigkeit getan,

der kann zwar geh'n, doch – sehr pikant -
er wird jetzt „Farbiger" genannt.
Man muss – um im Kontext zu bleiben –
auch Pippi Langstrumpf um jetzt schreiben.

Wie man den Negerkönig nennt?
Pigmentierter Prinzregent?
Ich bin der Wandlung überdrüssig,
denn vieles ist wohl überflüssig.

Doch wenn man's konsequent betrachtet:
wann wird ein Wort (nazi-befrachtet)
verboten, frag' ich, wann wird's sein?
Ich meine unser'n Führerschein![16]
All dieses ist unausgegoren.
So geht sehr viel Kultur verloren.

---

[16] *s. Seiten 42, 55*

93

## Vegan

So langsam wird es wohl zum Wahn:
Isst jetzt die halbe Welt vegan?
Kein Fleisch kommt dort je auf den Tisch
und ebenso kein einz'ger Fisch.

Verlangt von mir man: Koch vegan,
dann steh ich da, hab' keinen Plan.
Kein Ei und nicht einmal ein Huhn.
Weil keinem Tier sie etwas tun!

Und nie trinkt ein Veganer-Knilch
auch nur 'nen Milliliter Milch.
Auch Leitungswasser ist tabu,
's kommt aus dem Hahn, was sagst du nu?

Veganer fahren ('s ist der Wahn),
jetzt rückwärts auf der Autobahn,
damit auf ihren Windschutzscheiben
Fliegen nicht mehr kleben bleiben.

Nennt man –frag' ich mit großer Wonne-
dicke Veganer „Biotonne"?
Für mich als Meister des Genusses
ist es sehr wichtig: schmecken muss es!

Und auch gut riechen, denn die Nasen
erfreu'n sich an den Bratengasen.
Ob's 'dem Veganer auch so geht,
wenn er den frischen Rasen mäht?

Und wird er – frag' ich mich doch glatt –
vom Grünschnitt dann auch wirklich satt?
Sei's drum: Er findet's segensreich.
Ich könnt' das nicht; mir fehlt das Fleisch!

Das ist nicht neu in West und Ost,
man nannt' das früher rohe Kost,
oder (so meinten Macho-Herrn):
die Ehefrau, die kocht nicht gern!

# Vorsilben

***Un-***

Die Silbe „un-" zieht mich als Mann
des Verses stark in ihren Bann.
Sie dient – und das schon alldieweil –
für'n Wort als klares Gegenteil.

In jedem Wort steckt tief'rer Sinn,
die Basis für den Sprachgewinn.
Führt es zu sprachlichem Verlust,
dann heißt es *Unsinn* ganz bewusst.

Ich dicht' sehr gern bei Tag und Nacht,
weil mir das einfach Freude macht.
Tät' ich das nicht, würd' provokant
ich dann wohl *undicht* gleich genannt?

Das *Unheil* kommt ganz knüppeldick,
es droht ein großes Missgeschick,
doch durch des Schicksals Schlamperei
ging dieser Kelch an dir vorbei.

Drum rufst du laut das Gegenteil
von Unheil aus, und das heißt: Heil!
Erst recht kam's Unheil dadurch jetzt,
das Wort ist negativ besetzt!

Wird was bezahlt, nennt man das „Kosten",
buchführungstechnisch Aufwandsposten.
Das Gegenteil (man nimmt was ein)
müssen dann wohl *Unkosten* sein?

Egal, ob schlecht, ob nett, ob netter,
was wir erleben, ist das Wetter.
Natur bringt Sonne, Wind und Schnee,
mit Wolken Sturm und Regen eh'.

Wird alles das mal nicht mehr sein,
das Wachstum stellt sich selber ein,
es wird auch morgens nicht mehr hell,
und Klimaforscher sagen: „Gell,

ich hab's ja immer schon gesagt,
jedoch hat niemand mich gefragt",
dann wär', weil's ja im Wortsinn steckt,
semantisch „*Unwetter*" korrekt.

Man wird es nicht vermeiden können,
es wird ein Streit auch mal entbrennen.
Ist deine Sicht der Dinge wahr?
Dann wär des Gegners Wort unwahr?

Du hast zwar Recht, doch vor Gericht
glaubt man dir deine Story nicht.
Du kämpfst sehr hart und eindringlich,
doch's Urteil fällt man gegen dich.

Jetzt fluchst du und sagst, so ein Mist,
jetzt weiß ich auch, was *Unrecht* ist.

Man kann mit *Fug und Recht* behaupten,
dass man aus alten, meist verstaubten
Büchern noch Erkenntnis zieht,
was Jugend manchmal anders sieht.

Zieht man – und das ist durchaus drin –
daraus doch keinen tief'ren Sinn,
behauptet's dann wohl jedermann
mit *Unfug und mit Unrecht* dann?

**Miss-**[17]

Auch „Miss-" wird dieser Sinn zuteil,
wie „un-" bedeutet's Gegenteil.
Fehlt zum Erfolg ein kleines Stück,
endet es meist als *Missgeschick.*

Das Filet ist durch langes Braten
verbrannt und dadurch voll *missraten.*
Verweigert wer die Gunst dir heut',
ist *Missgunst* als Begriff nicht weit.

Es weht nostalgisch oft ein Hauch
über den Worten „alter Brauch".
*Missbrauch* verachten wir total,
ob weltlich, oder klerikal.

Wenn ihr beim Lesen ein hier schlaft,
mein Werk ihr mit *Missachtung* straft.
Weil mir hier das Verständnis fehlt,
nenn's *„Missverständnis"* ich gequält.

Die Regel ist nicht absolut!
Wieso fehlt *Missmutigen* der Mut?
Und eines, das versteh' ich nie:
Warum heißt es *„Miss Germany?"*

------

[17] *s. Seite 150*

98

## Sprache

Auf Schauspiel- und auf Kleinkunstbühnen
sind Worte ein Kriterium,
mit denen die Theaterhünen
erfolgreich sind beim Publikum.


Doch scheint der Zuhörer genervt,
die schönen Worte: kaum gefragt.
Drum wird die Sprache jetzt verschärft,
Fäkalslang ist jetzt angesagt.


Heut' sagt man's offen im TV
und live vor vielen Leuten;
man ging dafür noch in den Bau
zu meinen Jugendzeiten.


Der Zeitgeist senkt wohl das Niveau
(was mancher schade findet)
weil deutsche Hochkultur wohl so
auf Dauer ganz verschwindet.


Ich könnt' das auch, will drauf verzichten,
die Gürtellinie ist das Maß,
auch so macht's Lesen von Gedichten
uns hoffentlich genauso Spaß.

**Touristenkaviar**

In einem guten Restaurant
(wie's heißt, ist hier nicht von Belang)
hab' ich nach einer wirklich tollen
Wanderung was essen wollen.

Dort auf der Karte – wirklich wahr –
las ich „Touristenkaviar".
Ich war darüber leicht verstört,
der Ober hat es mir erklärt:

Das ist der Asiaten Wille:
'ne Schüssel Reis mit Sonnenbrille!

# Unbemannt

Ein Single, männlich, ist und bleibt
- wenn ohne Frau – wohl unbeweibt.
Ob man 'ne Frau, die ohne Mann,
als unbemannt bezeichnen kann?

Weil das verwirrt, nenn ich sie bloß
im Umkehrschluss jetzt herrenlos.
------
'ne Raumstation, die ohne Crew,
ist unbemannt. Weiß ich. Weißt du!
Doch frag ich euch Semantikkenner,
sind tätig dort ausschließlich Männer,

ist – während sie im Weltall treibt –
die Kapsel demnach unbeweibt?
Und wenn nur Frauen sind an Bord,
ist unbemannt das richt'ge Wort?
----------
Sie fliegt bekanntermaßen ohne
Pilot, die unbemannte Drohne.
Doch wenn ihr die Pilotin fehlt,
wird „unbeweibt" dann ausgewählt?

## Vorübergehend

Die Tür ist zu; ich les' verdrossen:
„Vorübergehend ist geschlossen!"
Ich kann das nicht so recht verstehen,
ich will gar nicht vorübergehen,

ich will dort rein, nicht von dort weg.
So hat's für mich nicht Sinn und Zweck!
Ist's zu für die – will ich verstehen –,
die gerade nur vorüber gehen?

Das aber kann doch wohl nicht sein!
Die wollen ohnehin nicht rein!

## Weltoffen

Wer Fremdem, das er nicht versteht,
positiv entgegen geht,
Kulturen, die er nie beachtet,
mit viel mehr Hintersinn betrachtet,

kurzum: ist jemand tolerant,
wird er wohl weltoffen genannt.
Ich lieb' das Dichten, wenn's gekonntes,
auch jenseits meines Horizontes,

doch will ich deshalb jetzt nicht hoffen,
dass jemand glaubt, ich sei vers-offen.

# WhatsApp[18]

Wer WhatsApp nutzt, wird dankbar sein,
es gibt ein Textprogramm T 9:
man tippt nur Teile von 'nem Wort
und schon steht es in Gänze dort.

Vorm Drücken deiner Sendetaste
ist's ratsam, dich zu fragen: Haste
die Wörter richtig kontrolliert,
damit's bei dir nicht auch passiert,

wie's bei 'ner Freundin jüngst geschehen,
sie sollt 'n Foto an sich sehen,
ein Mannschaftsfoto junger Damen,
braucht' für die Presse deren Namen.

Sie schrieb, dass sie nicht alle kennt,
doch dass sie schnell zur Tochter rennt,
die Damenriege würde ich
bald kennen dann auch namentlich.

Die Antwort ließ mich mächtig stutzen,
musst' Tränen aus den Augen putzen,
dort stand – weshalb ich's lustig finde –
statt Damenriege = Damenbinde!

---

[18] *(eine wahre Geschichte)*

# *Zwischenmenschliches*

**An der Ahr**

Weil die Liebe am Erkalten war,

fuhr sie mit ihm nach Altenahr,

wo ganztags sie nach Action strebt.

Der Gute hat's nicht überlebt!

Deshalb fährt sie nach Neuenahr

und angelt sich 'nen Neuen. Klar!

## Aufklärung

Es gehört wohl zu den schweren
Vaterpflichten, aufzuklären.
Einer erklärt es technokratisch,
ein andrer lieber programmatisch.

Er sollt' – von seiner Frau empfohlen -
sich 'n Beispiel aus dem Tierreich holen.
Doch mein Freund Fritz, der war noch nie
ein Anhänger der Theorie.

Ging deshalb - selbst gerad' hormonell
unterversorgt - in ein Bordell
mit seinem unbedarften Sohn.
Nach wenigen Minuten schon

wusst' Sohnemann genau Bescheid.
Den Vater hat das sehr erfreut,
So konnt' dies Praktikum ihm dienen:
er sagt zum Sohn: so machen's Bienen!

## Das weiße Kleid

Das Ehepaar ist nach 'ner langen
Zeit mal wieder ausgegangen.
Sie trug aus reiner Eitelkeit
ein blütenweißes neues Kleid.

Gerad' als genüsslich man diniert,
ist ihr ein Missgeschick passiert,
ließ einen Löffel von der lecker'n
Sauce auf ihr Kleidchen kleckern.

Igitt igitt, das kann nicht sein,
ich sehe doch jetzt aus wie'n Schwein.
Stimmt, sagt er und ergänzt gefasst,
zumal du noch gekleckert hast.

**Der Be...atter**

Sie flirteten mit Herzgeflatter,
kurz drauf schon war er ihr Begatter.

Fremd ging sie. Die Idee, die hatt' er:
ich werde selber ihr Beschatter!

Zuviel war's. So kam der Gevatter
Tod. Und er wurd' ihr Bestatter!

**Der Heiratsantrag**

Die Tochter weint. Der Vater fragt,
was ihr denn wohl nicht so behagt.
Mein Freund hat mir gestern um acht
'nen Heiratsantrag jetzt gemacht.

Das aber ist doch Grund zur Freude,
wenn ihr euch einig seid, ihr beide.
Nein (und sie muss die Augen reiben),
ich will lieber bei Mama bleiben!

Der Vater will Erregung schlichten,
du musst auf Mama nicht verzichten,
du kannst sie gern im Einvernehmen
nach deiner Hochzeit mit gleich nehmen!

## Der Laborbefund

„Hallo Frau Schmitz, hier Blutlabor,
es kommt ja ziemlich selten vor,
doch grade heute musst's passieren,
weshalb wir sie gleich informieren."

Frau Schmitz, 'ne resolute Dame,
bracht' ihren Mann zur Blutabnahme
und ist nun ziemlich irritiert;
was ist denn da wohl nur passiert?

„Ihr Mann heißt ja wohl Wilhelm Schmitz,
und nun erschien heut' – 's ist kein Witz –
ein weit'rer Mann mit diesem Namen,
dem gleichfalls Blut wir ab dann nahmen.

Und in den Proben wurd' entdeckt,
was beide Schmitzens wohl erschreckt:
einer ist Alzheimer-verdächtig,
der andere hat Aids, schon mächtig!

Doch wer was hat, wurd' nicht notiert.
Frau Schmitz ist spürbar konsterniert.
Dann wär's – sagt sie – simply the best,
man wiederholte diesen Test.

Sie haben Recht, viel dafür spricht,
doch leider zahlt's die Kasse nicht.
Drum geben wir Ihnen den Rat:
Fahr'n Sie mit ihm raus aus der Stadt

ins Grüne, setzen ihn dort aus.
Findet er allein nach Haus
sollten Sie zum Wohl von beiden
Sexualkontakt vermeiden.

## Der Kellner

Ein Kellner liegt auf dem OP-
Tisch, ihm tut ziemlich alles weh.
Ein Eingriff wurde vorbereitet,
die Helfer – nicht sehr zart besaitet -

hab'n das Skalpell noch mal geschärft,
und warten jetzt ganz leicht genervt
auf den Professor. Der erschien,
schaut hin und da erkennt er ihn:

bekannt ist ihm der Kellner lang
aus seinem Lieblingsrestaurant.
Ein Stöhnen dringt aus dem Patienten:
„Wenn Sie mir doch nur helfen könnten!"

Da lächelt der Professor weise
und spricht, gut hörbar, doch sehr leise,
im Tonfall eher heuchlerisch:
„Kollege kommt gleich, nicht mein Tisch!

**Die Verlobung (Frauengespräch)**

„Du warst – als ihr durch Discos schobt –

mit einem irren Typ verlobt,

den ich schon damals komisch fand.

Hat die Verlobung noch Bestand?


Das int'ressiert mich doch schon sehr."

*„Verlobt bin ich schon lang nicht mehr!"*

„Dann sag' mir doch, wie wurd'st du bloß

den Idioten denn dann los?"


*„Das sage ich dir ganz genau:*

*inzwischen bin ich seine Frau!"*

**Die Wette I**

Ein Prominenter hierzuland'
wird von den meisten schnell erkannt.
Doch kann's Gelegenheiten geben,
da nervt so was im Alltagsleben.

Ein Star geht zum Termin zu Fuß,
da hört er hinter sich 'nen Gruß
„Hallo, wie geht's? Ich möchte wetten,
dass Sie mich wohl erkannt nicht hätten!"

Er schaut und sagt, bevor er geht,
(weil Diskussionen er verschmäht)
nach kurzem Lächeln sehr besonnen:
„Die Wette haben Sie gewonnen!"

## Herr Kollege

Ein Künstler – von sich eingenommen –
hat bisher Stufen nicht erklommen,
die zum Erreichen höh'rer Sphären
auch nur entfernt geeignet wären.

Bei einer Kunstzusammenkunft
traf er den größten seiner Zunft.
Sagt „Herr Kollege" arrogant,
was dieser wohl nicht lustig fand.

„Heißt das, frag' ich unter uns beiden,
dass Sie gleichfalls an Rheuma leiden?"

**Versteckspiel**

Des Sohnes Frage tat drauf zielen,

wer mag mit ihm Verstecken spielen?

Er fragt Papa: „Spielt Mama mit?

Das wär' mit dir bestimmt ein Hit.

Das glaubt Papa dann eher nicht

und überlegt, bevor er spricht,

sofern sich Mama denn versteckt,

wird sie bestimmt nicht mehr entdeckt,

denn suchen tut man – so's Gerücht –

Frau'n über 35 nicht.

# *Alter*

## Alzheimer

Bei Männern, die ergraut in Ehren,
tun sich Erinn'rungslücken mehren.
„Wie heißt denn der? Den kenn' ich doch!
Ich hab' wohl ein Gedächtnisloch."


So saßen drei davon im Park
und ihre Augen glänzten stark,
als eine Dame, gut gebaut,
vorübergeht und jeder schaut.


Der erste sagt: „Ach wär' das nett,
wenn ich sie jetzt im Arme hätt'!"
Der zweite spricht: „Ich will es wissen,
ich würd' sie heiß und innig küssen!"


Der dritte jedoch überlegt,
die Stirne sich in Falten legt,
um dann verzweifelt aufzugeben.
„Da muss es noch was and'res geben!"

**Das erste graue Haar**

Erblickst du's erste graue Haar,
weißt du, du alterst offenbar!
Was den Friseur zum Lachen zwänge:
Ich seh' schon länger jede Menge!

**Der Kopf**

Den Opa fragt der kleine Wicht,
ein Handy kanntest du wohl nicht
in deiner Jugend und ich wett',
du hattest auch kein Internet!

Auch Google, Facebook und Konsorten
gehörten zu ganz fremden Worten.
Und auch 'nen Rechner gab's wohl nicht?
Da hast du Recht, der Opa spricht.

Was hast du denn – der Enkel stutzt –
dann in der Schule wohl benutzt?
Der Opa hob den grauen Schopf
und sagt stolzgeschwellt: den Kopf!!!

# Rentnersorgen[19]

Manch' Rentner ist – und das seit Jahren –
gezwungen, etwas einzusparen.
Wird es am Monatsende knapp,
zwackt er sich irgendetwas ab.

Weshalb auch viele dann probieren,
die Ausgaben zu reduzieren.
Ein Rentner (links amputiert)
hat in der Zeitung inseriert:

Wer kauft – falls ohne rechtes Bein –
mit mir gemeinsam Schuhe ein?
Ihr meint, das wäre nicht zum Lachen?
Kann man darüber Witze machen?

Das ist kein Witz, wie ihr hier seht,
weil's so auch in der Zeitung steht!

**Links     Beinamputierter     sucht**
rechts Beinamputierten zwecks ge-
meinsamen Schuhkaufs (Gr. 47)
Evtl. auch Strümpfe. ✉ ▬▬▬

Aus dem Itzehoer „Ihr Anzeiger"

---

[19] *gelesen im SPIEGEL*

120

**Wir sind mal kurz weg**

Die Oma will – kann man verstehen –
mit Opa kurz zum Friedhof gehen.
Damit sie Kinder informier',
nahm sie dafür ein Stück Papier,

„sind auf dem Friedhof" schrieb sie nieder,
Opa ergänzt: „Komm'n aber wieder!"

# *Medizinisches*

## Adam's Rippe

Studentinnen belegten schon
seit langem 's Thema Religion.
„Stimmt's", fragte eine aus der Sippe,
„wir stammen aus des Mannes Rippe?"

„Sei'n sie beruhigt, meine Damen,
nein, nein, ich sag', woher sie kamen,
aus dem Gehirn (hipp hipp hurra),
denn seine Rippen sind noch da!"

## Der Patient

Er ist nicht gerne Patient,
von außen er nur Praxen kennt,
Ganz früher gab's 'nen Herzbefund,
seit langem ist er kerngesund!

Der Doktor sagt zu ihm "Ich find'
es gut, dass Sie gekommen sind.
'nen Herzfehler hab' ich entdeckt,
das hat mich richtig aufgeschreckt.

Wär'n Sie nicht hier, was wär' geschehen?
Ihr angebliches Wohlergehen
hätt' Sie veranlasst, so mal eben
jahrelang drauf los zu leben,

drum sag' ich Ihnen ins Gesicht:
Sie würden alt, doch wüssten nicht,
(weil Sie ja medizinisch blind)
wie krank Sie eigentlich doch sind!"

## Der Blinddarm

Warum auf Deutsch es Blinddarm heißt,
fragt das Caecum sich zumeist.
Denn er war stets –deshalb hab' Recht ich–
der Kunst des Sehens durchaus mächtig.

Denn was an ihm vorüberschwimmt,
erkennt er immer, ganz bestimmt.
Und weil er regelmäßig sieht,
was in dem Körper so geschieht,

was so ein Mensch den ganzen Tag
gegessen hat, er glatt erschrak,
weil, was der Mensch so sehr genießt,
im Darm zu einem Brei zerfließt,

der, was er permanent erlebt,
an ihm vorbei zum Ausgang strebt.
Und in den 24 Stunden
wird das durchaus als Stress empfunden.

So leidet er, geduldig, stumm,
derweil hängt sein Appendix rum,
ein Zipfel, Wurmfortsatz genannt,
der nutzlos, wie ja wohl bekannt.


Am Rand will ich hier nur mal eben,
den zarten Hinweis darauf geben:
Zipfel, bar jeder Funktion,
kennt man bei manchen Männern schon.


Der Dünndarm, hinter ihm gelegen,
der hat es gerade dessentwegen
gut, weil nach ihm der Ausgang liegt,
dorthin der ganze Duft verfliegt.


Und so hat er nur ein Bestreben:
auch mal die frische Luft erleben.
Doch wie er schuftet und auch ackert,
er ist hier unten fest getackert.


Und so entwickelt andrerseits
der Blinddarm häufig eig'nen Reiz
und sorgt mit seiner ganzen Kraft,
dass er bald seinen „Durchbruch" schafft!

## Der Skisack

Die Ehefrau sagt: „Bitte schön,
vergiss heut' nicht, zum Arzt zu geh'n!
Denn hat im Unterleib man Schmerzen,
sollt' tunlichst damit man nicht scherzen.

Doch bei der Arbeit fiel ihm ein,
er muss in's Sportgeschäft noch rein.
Sie wollen bald auf Skiern laufen,
deshalb muss er 'nen Skisack kaufen.

Am Abend sagt er zu ihr glatt,
dass er jetzt einen Skisack hat.
„Ob das", fragt sie mit ihrem Charme.
„so schmerzhaft ist wie'n Tennisarm?"

126

**Die Diagnose**

Ich wachte auf aus der Narkose
und erfuhr die Diagnose.
Ich frag' als echter Pessimist
den Arzt, ob das denn selten ist.
Das stünd' in jedem Lexikon:
die Friedhöfe sind voll davon!

## Die Wette II

Es werden bei manch' Trinkgenossen
skurrile Wetten abgeschlossen.
Und mancher in der Kneipenstätte
sagt ganz spontan: Ich halt' die Wette.

Und nach dem Startschuss „Wetten, das ..."
haben Verlierer keinen Spaß,
doch auch die sag'n zum eig'nen Trost
nach jeder Wette gleichfalls „Prost!"

„Ich kann – dich wird's vom Hocker reißen –
mir selbst ins linke Auge beißen!"
„Geht nicht" sagt einer von den Alten,
deshalb werd' ich die Wette halten."

„Mir wurde – schau nicht so entsetzt -
ein Glasauge jüngst eingesetzt,
das man – was der Experte weiß -
entnehmen kann und deshalb beiß'

ich mir ins Auge, wenn ich will."
Sein Wettgegner war geschockt und still.
Der andre fühlte sich wohlauf
und setzte gleich noch einen drauf:

er sagt, derweil der Gegner blechte,
ich beiß' mir auch noch in das rechte!
Das kann nicht gehen, sagt er verschmitzt,
weil niemand zwei davon besitzt.

Drum halt' ich diese zweite Wette,
weil ich das Geld zurück gern hätte.
Die Wette gilt! Er lachte und
nahm sein Gebiss aus seinem Mund.

Als er's an's rechte Auge führt,
sprach er zum Gegner ungerührt
(bei dem klang's dröhnend in den Ohren):
die Wette hast du auch verloren!

## Erste Univorlesung

Anatomie. Die erste Stunde.
Der Chef schaut um sich in der Runde.
Zur Prüfung, wieviel Sachverstand
der Neuen ihm entgegenstand,

fragt er gezielt gleich zu Beginn:
welch' Körperteil macht welchen Sinn?
Und mit Interesse stellt er fest:
er war erfolgreich, dieser Test.

Fragt „wo ich schon beim Thema bin,
welch' Körperteil macht keinen Sinn?"
Nur ein Student tat sich drauf regen,
Die Nase, ich will's auch belegen:

Die Wurzel trägt sie ständig oben,
den Rücken vorn (Befehl von oben?)
und schaut man noch genauer hin:
die Flügel unten! Macht das Sinn?

## Fachchinesisch I

Der Arzt spricht oft mit dir Latein,
klug klingt es, doch das muss nicht sein.
man käme als Patient viel weiter,
nennt er auf Deutsch dir Ross und Reiter.

# Fachchinesisch II

Der Arzt erklärt ihr intensiv:
ihr Mann ist manisch-depressiv!
Da sie den Ausdruck nie gehört,
war sie zunächst etwas verstört

und wollte sich darum beeilen,
es ihrer Freundin mitzuteilen.
Ich bin - sagt sie – total schockiert,
mein Mann ist männlich-deprimiert!

Die Freundin meinte laut vernehmlich,
bei mir zu Hause ist es ähnlich:
mein Mann war immer schon ein Depp
und lebt mit diesem Handicap

seit Jahren froh und ungeniert,
doch wurde er noch nie prämiert!

# Gewicht

Ich wog mal über 100 Kilo,
sah aus wie ein Getreidesilo,
habe – kontrolliert gestreckt –
auf unter 80 abgespeckt.

Doch ist es vorne mit der 7
bei mir nicht allzu lang geblieben.
Die 8 hat sich dort eingericht't,
das nenn' ich jetzt Wohlfühlgewicht!

Damit ich bald nicht dicker bin
(das Silo kommt mir in den Sinn),
wird das Gewicht jetzt dezidiert
ganz regelmäßig kontrolliert.

Ein kurzer Blick auf meine Waage
versetzte heut' mich in die Lage,
den Tag sehr fröhlich zu beginnen,
denn ein paar Pfunde sind von hinnen.

Denn dass ich an Gewicht verloren,
klingt wie Musik in meinen Ohren.
Doch jedes Pfund, das ich verlor,
sich schnellste Wiederkehr gleich schwor

und bringt dann wohl auf Schritt und Tritt
noch ein paar Pfundsgenossen mit.

# Gewichtsprobleme

„Du hast" –spricht er- „stark abgenommen;
wie schaffst du das? Machst du Diät?"
Ich sagte ihm, wie es gekommen:
„Ich komm' nach Haus tagtäglich spät,

so dass ich ziemlich hungrig bin,
drum gern ich was gegessen hätt'.
Im Kühlschrank nicht Gescheites drin.
So geh' ich nüchtern oft ins Bett!

Bei dir sieht das wohl anders aus,
du hast ja mächtig zugelegt!"
„Auch ich komm abends spät nach Haus,
hab' tagsüber mich kaum bewegt.

Sofort den Weg zum Bett gemacht,
lag nichts Gescheites drin,
weshalb ich dann die halbe Nacht
vor meinem Kühlschrank bin!"

## Guter Rat

Warum mein Schlaf mitunter endet,
ist urologisch oft begründet:
die Blase – so ist ihr Begehren –
will (wenn sie voll ist) sich entleeren.

wer's Aufsteh'n trotzdem nicht gleich
schafft,
liegt morgens dann im eig'nen Saft!
Was du aus diesem Hinweis lernst?
Nimm ein Signal des Körpers ernst!

# Im Krankenhaus

Ich hab 'nen Freund, der kennt 'nen Mann,
den er nun gar nicht leiden kann.
Und das beruht in Einigkeit
schon lang auf Gegenseitigkeit.

Zusammen arbeiten die beiden,
so ist Kontakt kaum zu vermeiden,
man hat sich Trennung ausbedungen,
doch wurd' man zum Kontakt gezwungen,

da sie im Team zusammensitzen,
ständig kommt's zu verbalen Spitzen.
Nun hört' ich, dass sein Intimus
das Krankenhaus aufsuchen muss.

Da mir der Kranke auch bekannt,
frag' ich den Freund dann kurzerhand,
ob er genau denn weiß, wie schwer
seine Erkrankung denn nun wär'?

Er sei – das wär' wohl mitentscheidend -,
so wie man hört, sehr *leberleidend*.
Doch Ärzte – Heilung schnell anstrebend -
entließen ihn jetzt. *Leider lebend*!

# Im Thermalbad

Das Wasser im thermalen Bad
ist sehr gesund bei 30°.
Drei Männer, gänzlich unbekannt,
begegnen sich dort sehr entspannt

und sprechen – was nicht zu vermeiden –
unmittelbar von ihren Leiden.
„Ich habe", sagt der eine, „Rücken,
kann nicht gerad' steh'n, mich nicht mehr
bücken,

drum komm' ich ins Thermalbad stets,
denn hier im warmen Wasser geht's!"
Für'n zweiten ist's zum Haare raufen,
hab' Schmerz im Knie, kann nicht mehr
laufen,

drum komm' ich ins Thermalbad stets,
denn hier im warmen Wasser geht's!"
„Ich – sagt der dritte – kann es hassen,
hab' Schwierigkeit beim Wasserlassen,

drum komm' ich ins Thermalbad stets,
denn hier im warmen Wasser geht's!"

## Leiden eines Tennisspielers

Nach des Tennisspielens Mühe
spür ich deutlich meine Knie,
kann mich – weil verspannt der Rücken –
auch schon nicht mehr richtig bücken.

Im Ellenbogen wird es warm,
ich hab' wohl einen Tennisarm.
Selbst meine Füße brennen schon
wie nach dem Lauf nach Marathon.

Drum bin ich – hört man Leute reden –
ein Fall wohl für den Orthopäden.
So habe ich mich aufgerafft,
mir 'nen Termin dort schnell verschafft.

Was ich dort sah, war wirklich toll,
die Praxis war schon übervoll,
die Helferin bemüht sich sehr,
doch sie verschafft sich kaum Gehör:

„Der Doktor – das kann wohl passieren –
kann leider heut' nicht praktizieren,
weil er sich ziemlich unwohl fühlt,
hat gestern Tennis mal gespielt!!

# Nächtlicher Hilferuf

Der Doktor schläft seit langem schon,
da klingelt nachts das Telefon.
Ein ihm bekannter Patient
erklärt mit großem Temp'rament,

dass seine Frau – die kennt er auch –
sehr starke Schmerzen hat im Bauch.
Der Arzt versucht, ihn abzuwimmeln,
er ruft: Komm'n Sie um Himmels Willen,

bestimmt ist es, weshalb er fleht,
der Blinddarm, der vor'm Durchbruch
steht.
Ich habe, sagt der Doc genervt,
dieses Problem vor Jahr'n entschärft,

den Blinddarm – es war kompliziert -
bei ihrer Frau rausoperiert.
Bei keinem Menschen – mein Ressort -
kommt so ein Blinddarm zweimal vor.

Das glaub ich ihnen ganz genau,
doch ist sie meine zweite Frau!

**Tödliche Pflanze**

Welche Pflanze wirkt akut
tödlich, wenn man voller Mut
(auch wenn es kaum einem gefällt)
sich fünf Minuten drunter stellt?

*Die Seerose!*

**Virus**

Ich zähl' zum Club der blöden Männer,

denn ich hab' mich wo eingeloggt,

mit 'nem defekten Virenscanner,

jetzt hab' ich mir was eingebrockt!

# Verwechslung

Des Menschen Bauplan – garantiert –
wurd' für den Schöpfer patentiert.
Wenn Zentren mit den Randbezirken
so perfekt zusammen wirken,

dann merkt sogar ein Geisteszwerg:
der Körper ist ein Meisterwerk.
Apropos Geist: Unser Gehirn
hat nicht viel Platz hinter der Stirn.

Deshalb musst' man's in vielen Schlingen
in den dort knappen Hohlraum zwingen.
Sieht man es vor sich dann im Bild,
ist man zu glauben fast gewillt,

dass es tatsächlich explizit
dem Darm verblüffend ähnlich sieht.
Wenn Gott – von seinem Werk berauscht –
beim Einbau beides mal vertauscht,

würd' dieser Mensch wohl auch gelingen,
würd' sehr wahrscheinlich Leistung bringen,
man merkt nicht, dass da was nicht geht
in beider Funktionalität.

Doch irgendwann im spät'ren Leben
wird es sich dann wohl schon ergeben,
dass jemand, der mit diesem spricht
dann stutzt und sagt: Versteh' ich nicht.

Mein Weltbild kommt sehr stark ins Wan-
ken,
der hat beschissene Gedanken,
und man muss gleich das Handtuch
schmeißen,
denn er beginnt auch, klugzuscheißen.

# *Philosophisches*

## Das Auge

Als er – was er ja durchaus darf –
ein Auge auf die Dame warf,
hat er sich davon schon seit Wochen
wohl einigen Erfolg versprochen.

Der Wurf des Auges ist riskant,
denn man verfügt ja – wie bekannt –
gesamt nur über deren zwei;
's ist – wörtlich – Augenwischerei,

denn die Enttäuschung wird dann groß,
ist man sehr schnell die Hälfte los.
Deshalb erfordert's starke Nerven,
für eine Frau eins wegzuwerfen!

Gut, man kriegt schon mit etwas Glück
zwei Augen dann vielleicht zurück.
Doch wenn – weil sie nichts von ihm hält –
der Wurf  - wie hier - sein Ziel verfehlt,

ist es das Los des Männer-Seins:
Ein Aug' geworfen. Bleibt noch eins! >>>>>

Auch andernorts[20] wird ungeniert
das Augenwerfen praktiziert,
weshalb wohl sehr viel dafür spricht:
falsch lieg' mit der Idee ich nicht:

> Aus der Südthüringer Zeitung
> »Freies Wort«: »Hund Bruno ist blind –
> die Ursache für sein Handicap ist
> aber nicht bekannt. Nun soll ein
> Fachtierarzt ein Auge auf Bruno werfen.«

### April April

Aprilscherze sind guter Brauch.

Er: ich ging fremd! Sie sagt: ich auch!

April, April! Er lacht dabei.

Sie meint, sie tät's im letzten Mai.

---

[20] *gelesen im SPIEGEL*

## Bei der Arbeit

Der Chef fragt fordernd den Gesellen
(das tut er meist in solchen Fällen),
was der denn momentan so tue.
„Nichts", sagt der da in aller Ruhe.
„Und du?" fragt er den Lehrling dann.
„Ich helf' dabei dem guten Mann!"

## Beginn des Lebens

Wann fängt das Leben wirklich an?
Die Frage stellt sich jedermann,
besonders aber Kirchenmänner,
denn das sind ja wohl Lebenskenner.


Der Katholik folgt seiner Neigung
und meint, bestimmt schon mit der Zeu-
gung!
Der Evangel'sche widerspricht:
Vor der Geburt beginnt es nicht!


Was dann der Rabbi glatt verneint
und mit 'nem Schmunzeln daher meint:
Wenn Kinder aus dem Hause sind
und tot der Hund. Es dann beginnt!

## Erziehung

Jahrelang hat (Tag und Nacht)
man allen Kindern beigebracht,
sie dürften niemals es vergessen,
die Teller immer leer zu essen,

damit – der Hinweis war beliebt –
es immer schönes Wetter gibt.
Als Resultat ist festzustellen:
Dicke Kinder. Hitzewellen!

## Etikette

Ich sah zwei Menschen fein dinieren,
sie trinken Wein und sie parlieren,
mit einem Blick ich noch erheisch:
es war noch übrig ein Stück Fleisch.


Der erste nahm es ungefragt,
worauf der andre unwirsch sagt,
dass ihn das doch schon sehr empört,
dass sich das ja wohl nicht gehört.


Ein höflicher und feiner Mann
bietet's dem andern erstmal an.
„Ich weiß ja, dass Sie höflich sind,
drum nahm ich mir es auch geschwind,


denn hätte ich gefragt soeben,
hätten Sie 's mir ja gegeben!"

# Das Missverständnis[21]

Der Mensch ist von Erscheinung prächtig
und auch des Sprechens ist er mächtig,
wenngleich manch' nicht so helle Geist
mitunter 's Gegenteil beweist.


Jedoch – wie es nun mal so geht –
den And'ren man mal missversteht.
Und daraus folgert die Erkenntnis:
das ist dann wohl ein Missverständnis!


Worauf dann ganz personalisiert
ein jeder anders reagiert.
Der Selbstkritische sich wohl fragt:
„Was hab' ich Falsches nur gesagt?"


Der Selbstbewusste sagt geschickt:
„Ich hab' mich wohl falsch ausgedrückt!"

---

[21] s. Seite 98

150

Der Arrogante – kaum verzagt –
meint: „Ich hab's Ihnen doch gesagt!"


Der Überhebliche hat's gut,
er hat mit all dem nichts am Hut,
meint, was manch' andre gut nicht fanden:
„Da haben Sie mich falsch verstanden!"


Ich sag' dem andern ohne Grollen:
„Wenn Sie mich nicht verstehen wollen,
so dürfen Sie ganz ohne Pein
dann auch getrost beleidigt sein!"


Denn schließlich hat es einen Grund,
dass alle unsre Köpfe rund:
damit das Denken auch alsdann
die Richtung schon mal ändern kann!

# Korrespondenz

Früher schrieb man hierzuland'
seine Post noch mit der Hand.
Irgendwann war das verpönt,
man hat sich E-Mails angewöhnt.

Doch eh' die Technik man verdaut,
war das System schon wieder out
und heute sendet jeder Depp
selbst Weihnachtsgrüße per WhatsApp.

Für Ält're ist's bedauerlich,
wenn nicht sogar ehr schauerlich,
denn auch die Post macht davor schlapp
und baut zum Teil Briefkästen ab.

Die Jugend postet, hat's da leichter
(doch wird die Sprache dabei seichter),
Grammatik und Interpunktion,
wen int'ressiert's beim Smartphone schon?

Sitzt man am Tisch in froher Runde,
verbreitet man 'ne frohe Kunde
nicht durch's Gespräch mit Blickkontakt,
nein, das Gerät wird angepackt,

und schreibt, was grade hier geschieht,
obwohl's der andre deutlich sieht.
Bevor die Vor-Menschheit kapierte,
dass aufrecht geh'n gut funktionierte,

ging krumm sie und total gebückt,
dann wurd' das Rückgrat durchgedrückt,
sodann pflegt gen'rationenlang
die Menschheit den aufrechten Gang.

Das nennt man wohl Evolution,
doch I-pad und das smarte Phone
werden das wohl revidieren,
weil alle heut' aufs Handy stieren,

in Kneipen, beim Spazieren gehen,
wenn Männer an Toiletten stehen,
(bei Frau'n geht mir Erfahrung ab,
weil ich da keinen Zutritt hab'),

und – das ist gar nicht zu begreifen –
beim Gang über den Zebrastreifen.
Der ständ'ge Blick auf das Display
bewirkt, dass ich bald krummer geh.

# Nichtstun

Ein Rabe sitzt auf einem Ast,
guckt blöd, was gut zum Nichtstun passt.
Ein zweiter Rabe kommt hinzu
und fragt den ersten: Was machst du?

Ich tue nichts und gucke blöd,
weil danach mir der Sinn gerad' steht.
Mir scheint, das ist ein neuer Brauch,
der mir gefällt; ich mach das auch!

Ein Hase kommt des Wegs daher,
schaut hoch, fragt beide: Bitte sehr,
was macht ihr auf dem Ast, ihr zwei?
Nichts! Und wir gucken blöd dabei!

Das hört sich – sagt der Has' – gut an,
ich mach das auch, ich schließ mich an.
Ein Fuchs, der gerad' des Weges zieht
und die drei dösend vor sich sieht,

fragt sie, was sie denn hier wohl tun?
Da riefen alle drei gleich: Nun,
wir tuen nichts und gucken blöd.
Der Fuchs sich sofort eingesteht:

Wenn's alle machen, gibt's 'nen Sinn;
ich mache mit. Und setzt sich hin.
Ein Jäger, der gerad' auf der Pirsch
(sein Ziel war eigentlich ein Hirsch),

sagt sich, bevor ich Trübsal blase,
erlege ich jetzt Fuchs und Hase.
Mit dieser Doppeljagdtrophäe
entfernt er sich. Die erste Krähe

fragt überrascht und ziemlich ernst
die zweite, was du daraus lernst.
Es kann nur Nichtstun, blöd zu stieren,
auf hoher Ebene funktionieren.

## Gegensätze

Im Viertel ist sie wohlbekannt,
hat Neuigkeiten stets zur Hand,
weiß alles über den und den
und kann dem Tratsch nicht widersteh'n.

"Warum – keiner's verstehen kann -
heiratetest du diesen Mann?
Es sieht doch jeder weit und breit,
dass ihr total verschieden seid!"

„Das zählt zu'n ältesten Gesetzen:
die Sache mit den Gegensätzen.
Was deutlich für die Heirat spricht:
ich war schwanger und er nicht!

# Karriere

Väter wollen seit Urzeiten
den Weg für'n Sohn gut vorbereiten.
Er fragt drum den Professor gleich:
„Der Lernstoff ist sehr umfangreich.

Muss denn mein Sohn, frag' ich Sie glatt
als der, der was zu bieten hat,
nun jede Vorlesung besuchen,
kann man' ne Kürzung nicht versuchen?"

„Das kommt" sagt der Professor still
„drauf an, was einer werden will.
Lässt eine Eiche Gott entstehen,
werd'n 20 Jahr' ins Land wohl gehen.

Wenn mit 'nem Kürbis man's vergleicht,
reichen zwei Monate vielleicht!"

# Pflichtprogramm für Männer

Ganz wichtig wohl drei Dinge sind
für einen Mann: Baum, Haus und Kind.
Den Baum gepflanzt, das Haus gebaut,
ein Kind gezeugt und dann ergraut.

Der Baum wird morsch, er wird gefällt,
das Kind zog's in die weite Welt,
das Haus zu groß, drum der Entschluss,
dass man sich kleiner setzen muss.

Wir verkaufen uns're Hütte
und ziehen in des Städtchens Mitte.
Penthouse, Lift und Tiefgarage
und die Monatsapanage

fließt aufs Konto einer Bank
um die Ecke, Gott sei Dank.
Alles ist zu Fuß erreichbar
und mit früher nicht vergleichbar.

## Selbstgespräch

Ein Freund erklärt mir ungerührt,
warum er Selbstgespräche führt.
Wenn sich zwei Meinungen verhärten,
bräucht' er den Rat eines Experten!

# Tagesschau

Um kurz vor acht vor dem TV
warte ich auf die Tagesschau,
weil es mich doch sehr int'ressiert,
was in der Welt denn so passiert.

Ich hatte gerade erst gegessen,
ein kühles Bier auch nicht vergessen,
da höre ich zwei Menschen sprechen
von Harndrang und von Blasenschwächen,

von Blähungsdruck und Darmproblemen,
von Magenkrämpfen, die sich geben,
wenn man - sagt er doch sehr bestimmt –
schnell seine Tropfen ein dann nimmt.

Und so - erklärt ein and'rer Tropf –
reinigen Sie den Toilettentopf.
Mein Nachgeschmack von dem Menu
war jetzt mit einem Schlag perdu.

Mit so viel Müll in meinen Ohren
hab' die TV-Lust ich verloren,
weil ich – das sag' ich ganz gelinde –
den Zeitpunkt sehr geschmacklos finde.

Drum schwöre ich mir selbst: ich tu's:
Schau nur noch werbefreie News!

## Treppenputzen

Ein Mann schrubbt unter Schweißausbrü-
chen
die ganze Treppe, als inzwischen
im Flur des Nachbars Worte hallen:
„Das würd' mir nicht im Traum einfallen!"
„Mir auch nicht, denn's war ganz genau
eine Idee von meiner Frau!"

# TÜV

Der Prüfer ernsthaft zu mir spricht,
das jüngste ist ihr Auto nicht,
und - was er zudem wissen wollt':
Wurd' es denn kürzlich überholt.


Die Frage war mir angenehm,
die Antwort deshalb kein Problem,
das tat all jenen gut gelingen,
die – als ich fuhr - spazieren gingen!

## Verstand

Wem Gott ein Amt gibt – sehr bekannt –
dem gibt er gleichzeitig Verstand!
Mit scheint – schau ich auf manchen Knaben –
dass wir zu wenig Ämter haben!

# Vor Gericht

Ein Mann stand jüngst mal vor Gericht,
beteuerte: „Ich war es nicht,
der andere beleidigte!"
Sein Anwalt, der verteidigte,

begründet's logisch und fundiert,
weshalb auf Freispruch er plädiert.
„Das" spricht der Richter „war nicht schlecht.
Ich glaube wohl, Sie haben Recht!"

Der Staatsanwalt steht danach auf,
bewertet anders den Verlauf
und er beweist als Volljurist,
dass der Beklagte schuldig ist.

„Sie haben Recht!" sagt da der Richter,
und schaut in fragende Gesichter.
„Moment" mischt sich ein Schöffe ein,
„was Sie hier sagen, kann nicht sein!

Erst geb'n dem Anwalt des Beklagten
Sie Recht, worauf danach Sie sagten,
dass Recht hat auch der Staatsanwalt.
Das kriegt der Laie nicht geschnallt."

Der Richter steht – ganz Amtsperson –
jetzt auf und sagt in ruhigem Ton:
„Das wird der Sache wohl gerecht!
Sie hab'n – glaub' ich – gleichfalls Recht!"

**Zweifel**

Mitunter fasst ein simpler Tropf
sich schon mal fragend an den Kopf,
greift – was nicht überraschend wäre –
dabei wahrscheinlich glatt ins Leere!

## *Tierisches*

### Das bäuerliche Geburtstagsgeschenk

Zwei Bäuerinnen auf dem Land
(seit Jahren sind sie gut bekannt)
trafen sich zum Kaffeeklatsch
und hielten bäuerlichen Tratsch.

Lieselotte und Marlene
waren in der Farmerszene
(für die es wohl schon von Interesse)
so etwas wie die Bauernpresse.

So ein Informationsgespann
weiß immer, wer mit wem und wann,
sie hörten ständig, was geschwätzt,
kurzum: sie waren gut vernetzt.

Nach Anbau- und auch Zuchtproblemen
widmeten sie sich and'ren Themen.
Jetzt, im Café, bei Sachertorte
wechselten sie private Worte.


Was – des Geburtstags eingedenk –
war deines Mannes Festgeschenk?
'ne Uhr und eine Perlenkette,
die ich schon immer gerne hätte.


Wo wir gerad' von Geburtstag reden:
es int'ressiert bestimmt doch jeden
was du wohl – weil man dich sehr mag –
bekommst zu deinem Ehrentag?


Ob du es rätst? Ich glaube nein:
Mein Mann schenkt mir bestimmt ein
Schwein.
„Das sieht ihm ähnlich!" ruft Marlen'.
Wieso? Hast du es schon geseh'n?

## Das kranke Pferd

Das Pferd des Bauern wurde krank,
der Tierarzt kam schnell, Gott sei Dank.
Drei Tage lang die Medizin,
doch ist es dann noch nicht gedieh'n,

muss es zum Schutz von ander'n Pferden
dann leider eingeschläfert werden.
Das hörte auch des Bauern Sau,
die mahnt das Pferd: du hast genau

drei Tage nur, um zu genesen,
wenn nicht, dann war's das wohl gewesen.
Am ersten Tag ging's besser nicht,
die Sau ihm weiter Mut zuspricht.

Der zweite Tag, dasselbe Spiel,

die Medizin, sie bracht' nicht viel.

Als dann der dritte Tag gekommen,

das Pferd hat Medizin bekommen,


die Sau schrie schon ganz flehentlich:

steh' auf, sonst schläfern ein sie dich.

Der Tierarzt kam, in dem Moment

steht's Pferd schnell auf und rennt und

rennt.


Der Bauer kann es gar nicht fassen,

das wird gefeiert: hoch die Tassen,

heut' wird auf Kosten nicht geachtet,

als Dank wird jetzt die Sau geschlachtet!

## Das Pferd

Ich wurd' – für's Renommee musst's sein –
Mitglied in einem Reitverein.
Dort – bei Dressur und schnellem Rennen –
lernte ich viele Leute kennen.

Einer davon (kam mir zu Ohren)
hatt' gerade seine Frau verloren.
Sie stand – wie man diskret erfährt –
direkt hinter dem eig'nen Pferd.

So kam es, wie es kommen muss:
Das Pferd schlug aus. Und Exitus!
Es gab dann bei der Trauermesse
ein derart riesiges Interesse,

ich konnt' mich – neu hier im Verein –
nach hundert and'ren ein erst reih'n.
Und so vollzog sich hundertmal
vor mir das gleiche Ritual:

Man sprach sein Beileid aus, bedrückt,
der Witwer hat dann stets genickt,
doch fünf Mann vor mir – unvermittelt –
hat er dann nur den Kopf geschüttelt.

Als ich ihm artig kondolierte,
fragt' ich ihn (weil's mich int'ressierte),
warum bei Einem er von hundert
den Kopf schüttelt. Mich hätt's gewundert.

„Das war bisher der einz'ge Mann,
der fragt, ob's Pferd er leihen kann!"

## Der Adler

Majestätisch Flügel breitend,
mit der Thermik höher gleitend,
zieht der Adler seine Bahn -
und hat einen klugen Plan:

Mit seinen starken Adleraugen,
die gut für Fern- und Nahsicht taugen,
entgeht ihm nichts, sei's noch so weit;
ein Frosch sitzt unten sprungbereit,

der Adler zieht die Flügel ein
und stürzt herunter wie ein Stein.
Eh sich der kleine Frosch versieht,
wird er verschluckt, der Adler zieht

in engen Kreisen sich nach oben,
der Frosch wird bis zum Darm geschoben,
weil durch den Aufwind Druck entsteht,
was unserm Frosch auch nicht entgeht.

So rutscht er völlig unverdaut
zum Darmausgang, wo raus er schaut.
Und was er sieht, hat ihn geschockt,
er merkt, dass schon sein Atem stockt,

denn er sieht nichts als lauter Luft,
da hat er an den Darm geknufft:
„Hey Adler, sitze hier am Steiß
und fleh' dich an: mach keinen Scheiß!"

# Hirschbraten

In 'nem Lokal – bekannt für Wild –
hab' meinen Hunger ich gestillt.
Hirschbraten ist mein Leibgericht,
doch zart war der hier heute nicht.

„Herr Ober" hab' ich mich beschwert
„der Hirsch ist nicht genießenswert,
er ist sehr hart und im Vertrauen:
man kann ihn deshalb auch nicht kauen!

Das wird dem Ruf des Hauses schaden,
ihr Image geht so sehr schnell baden,
mit dem, was Sie mir aufgetischt!"
„Sie haben halt 's Geweih erwischt!"

**Hundekot**

Ein kleines Häufchen Hundekot
ist oft des Wand'res Freude Tod.
Und diese Freude ist noch töter,
pinkelt dir ans Bein der Köter.

**Lieblingstiere**

Kennst du – fragt wer – denn ganz genau
drei Lieblingstiere einer Frau?
Nerz, Hermelin, natürlich und
den, der bezahlt: Ein blöder Hund.

# *Politisches*

## Der Listenplatz

Beim Kampf ums Politikmandat
erhält ein jeder Kandidat
'nen Listenplatz. Ist der weit hinten
helfen weder Tricks noch Finten,

denn –wie man nach der Wahl gleich sieht–
nicht jeder dieser Plätze zieht.
Ist der, den's trifft – das gerne wüsst' ich –
nun automatisch hinterlistig?

# Nach der Wahl

Vorbei! Der Bürger hat gewählt.
Die Stimmen sind ganz ausgezählt.
Auch die Mandate sind verteilt,
so dass ein jeder sich beeilt,

sich sein Ergebnis schön zu reden.
Man zieht im Hintergrund schon Fäden,
manch einer macht aus Bronze Gold:
der Wähler hätt' es so gewollt.

Der Wahlkampf ist gottlob zu Ende,
die Sieger klatschen in die Hände,
die andern lecken stressgeschunden
und sehr enttäuscht die tiefen Wunden.

Keiner muss mehr mit Dauerlächeln
von dem Termin zum nächsten hecheln,
und leider – wenn's Mandat ihm sicher –
wird aus dem Lächeln Hohngekicher.

Nun hat man nach Kalenderzwängen
'ne kurze Zeit, um abzuhängen.
Ich hoff', das gilt – wozu ich rate –
besonders auch für Wahlplakate!

### Regierungs-Anagramm[22]

Wer ist seit Jahren hier am Ruder?
Klar – es ist ein *BANKZINSENLUDER* !
Du fragst wieso? Des Wortes Stamm
ist ein perfektes Anagramm.

Wer Buchstaben gezielt verschiebt,
sieht, dass es einen Sinn ergibt
und er erkennt nach her und hin:
es ist die *BUNDESKANZLERIN* !

---

[22] *Wort, das aus den Buchstaben oder Silben eines anderen Wortes
durch deren Umstellung gebildet wird*

**fake-news**

Des Präsidenten Privileg
ist, zu entscheiden, was ist „fake".
Doch man beweist ihm oft exakt,
sein „fake" ist häufig reiner FAKT.


Und Fakt ist auch: regier'n per twitter
bringt Nachgeschmack, der ziemlich bitter.

# Gipfeltreffen

Russland und die USA
sagten zum Gipfeltreffen „Ja".
Bei einem guten Gläschen Wein
kam es zum Spitzen-Stelldichein.

Für Trump es sich zu sagen lohnt:
„Wir war'n die ersten auf dem Mond!"
Doch Putin meint: „Auf jeden Fall
war'n wir weit vor euch schon im All!"

„Wir haben konsequent und strikt
'ne Sonde auf den Mars geschickt!"
„Zur ISS flieg'n wir euch heut',
weil ihr dazu zu dämlich seid!"

Jetzt lächelt Trump ganz süffisant,
gibt Putin und der Welt bekannt,
dass sie sehr bald mit zwei Probanden
tatsächlich auf der Sonne landen!

Putin lacht laut: „Wie jeder weiß,
ist es dort ja wohl viel zu heiß!"
Doch Trump winkt ab, fragt ihn: „Was macht's?
Wir landen da ja schließlich nachts!"

# Audienz

Der Papst empfängt zur Audienz
sehr häufig auch die Prominenz.
Auch Trump, der US-Präsident,
den man als selbstbewusst ja kennt,

war bei Franziskus jüngst zu Gast.
Trump fragt, wie es zusammenpasst,
dass ein vernunftbegabter Mann
an etwas so stark glauben kann,

das er nicht sieht. Franziskus meint,
du kannst doch auch nicht - wie mir
scheint –
dein Gehirn seh'n; doch gewitzt
glaubst du auch, dass du eins besitzt!

## USAlptraum

*(frei nach einem bekannten Kinderlied, in dem eine Waffe eine Rolle spielt; mit bewusster Verlängerung)*

Trump meint, dass die Wahl gestohlen,

sagt zur Bürgerwehr:

lass sie uns gleich wiederholen

und zwar mit Gewehr!

Da möcht' ich die Peitsche holen,

und ganz ordinär

ihm damit den Arsch versohlen,

wenn's denn möglich wär'!

# Wirtschaftsweise[23]

Ob jener, der für klug sich hält,
zum harten Stammtischkern sich zählt,
dort gerne trinkt und wenig isst,
bereits ein Wirtschaftsweiser ist?

\*\*\*

Wohin geht die Wirtschaftsreise?
Das erklär'n uns Wirtschaftsweise,
uns're besten Wirtschaftskenner,
und zwar zwei Damen und drei Männer[24].

So wenig? Ich geb' zu bedenken,
abertausend Männer lenken
regelmäßig ihre Schritte
in die Kneipe, weil's so Sitte.

Man diskutiert im Männerkreis,
man redet sich die Köpfe heiß,
man wählt ein Thema und bespricht 's,
doch ändern tut man dadurch NICHTS!

Zumindest nach dem vierten Glas
fehlt jedem doch das rechte Maß,
zumal im harten Kneipensport

---

[23] *Sachverständigenrat zur Begutachtung der gesamtwirtschaftlichen. Entwicklung*
[24] *Prof. Dr. Dr. h.c. Lars P. Feld, Vorsitzender/Prof. Dr. Veronika Grimm/ Prof. Dr. Monika Schnitzer/Prof. Dr. Achim Truger/Prof. Volker Wieland*

184

der Kompromiss ein fremdes Wort,

weshalb bei simplen Diskutanten
die Sicherungen durch mal brannten.
Da lob' ich mir doch sehr die leisen
Töne bei den echten Weisen,

die uns mit Geist, nicht mit Gewalten
helfen, Zukunft zu gestalten.
Doch auch am Stammtisch gilt zumeist:
man diskutiert auch hier mit Geist.

Der ist aus Obst zwar, so ist's Brauch
und sehr gehaltvoll ist er auch!
Dann gibt's beim Fußball im Kreis jener
jede Menge Bundestrainer

und Kanzler kann auf Topniveau
dann jeder Durst'ge sowieso!
Trotzdem: Kennst du viel Kneipenhäuser,
bist du noch lang' kein Wirtschaftsweiser.

Zwar ist es eine Lebensart,
wenn Wirtschaft sich mit Bierdurst paart,
die sei auch jedem sehr gegönnt,
doch unser Wohlstandsfundament

beruht drauf, dass in allen Fällen
wir richt'ge Wirtschaftsweichen stellen.
Am besten – sag' ich mal ganz schüchtern –
mit Sachverstand und völlig nüchtern!

# *Ende*

## Doppelter Wortsinn

Schon Lessing meint bedeutungsschwer,
dass deutsche Sprache schwierig wär'.
Denn viele Worte, die man spricht,
haben doppeltes Gewicht,

was der Lateinkurs-Absolvent
fachmännisch „Homonym" nur nennt.
Und der Bedeutungssinn oft trügt,
wenn Wörter man zusammenfügt,

was der Lateiner, der das kennt,
ja Nomen-Kompositum nennt.
So wird man wohl im Hundekuchen
'nen Hund ziemlich vergebens suchen.

Weshalb ich hier jetzt runter bet'
das Doppel-Wortsinn-Alphabet:

### A)
*Absatz*-Verkauf: Schusters Devise,
so trotzt er einer Absatz-Krise.

Beim *Abstrich* gibt's Gewebeproben,
der Geiger streicht dabei von oben.

„Gib auf dich **acht**" sorgt sich die Frau,
um Acht beginnt die Tagesschau!

Was sie erlebten, unsre **Ahnen**,
können die Urenkel nur ahnen.

Der Maler malt 'nen schönen **Akt**,
den Akt erlebt man meistens nackt.

Der Terror-**Anschlag** wirkt zerstörend,
der Anschlag beim Klavier betörend.

Ist der **Arm** ab, sagt jedermann,
ist man als Mensch total arm dran.

Gepäck-**Aufgabe** kann beizeiten
auch dessen Aufgabe bedeuten!

Mit Menschen bringt der **Auflauf** Masse,
erhitzt im Ofen schmeckt er klasse.

Politiker im **Ausschuss** sitzen,
ist Ausschuss Müll, tut er nichts nützen.

Vom Gast wird Staunen ausgelöst,
wird sich am **Auszieh**tisch entblößt.
Auch frag' ich ernsthaft mich, ob man
am Ausziehtisch sich anzieh'n kann?

**B)**

Hast du Rosinen in den **Backen**,
hat Kuchen deine Frau gebacken.

Zur Diskussion wird eingeladen:
Soll man mit **Bad**emantel baden?

187

Beim **Ball** man sich zum Tanze dreht,
für Sportler ist's ein Sportgerät.

Arm sitzt du auf 'ner **Bank** und denkst:
mein Geld, das hat die Bank schon längst.

Der **Barsch** empört sich und sagt barsch:
Der Vers, der ist doch wohl für 'n Arsch!

Die **Bastei** in Sachsen ist bekannt,
ein Ei aus Bast ist sprachverwandt.

Das Korn erntet der fleiß'ge **Bauer**,
der andre schafft als Häusle-Bauer.

Stürzt in den **Bergen** jemand ab,
wird die Zeit zum bergen knapp.

Wenn Schwarzwaldjungs an **Bollen** wollen,
stör'n auf den Damenhüten Bollen.

Es juckt, wenn die die **Bremse** sticht,
im Auto ist die Bremse Pflicht.

Weiß man als **Buchhalter** von Welt,
wie schwer das Buch ist, das man hält?

Wer 'ne Skulptur stützt mit der Hand,
wird **Büstenhalter** der genannt?

**D)**

Beim **dichten** denke ich, dass man
tropfende Hähne dichten kann.

Der Türke wünscht den **Doppelpass**,
beim Fußball macht er doppelt Spaß.

### E)
Der Gourmet wird auch in **Essen**
das gute Essen kaum vergessen.
Das **Erbgut** ist die Erbanlage,
„erb gut!" ist Wunsch und keine Frage!

### F)
Im Auto schlüg' ein **Feder**bein
aus Federn alles kurz und klein.

Ist man getrennt, wird Liebe schwer,
hilfreich ist da wohl **Fernverkehr**.

In **Flaschen** füllt man guten Wein,
der Mensch will niemals Flasche sein.

Die **Flotten**-Jungs der Bundeswehr
sind hinter flotten Mädels her.

Zwei **Flügel** hat der Düsenjet,
der Pianist gern einen hätt'.

### G)
Dem Ökofreak es nicht **gefällt**,
wird nur ein Baum zu viel gefällt.

Bist du mit Vollgas stets **gefahren**,
befandest du dich in Gefahren.

189

Macht vielleicht der **Geigerzähler**
beim zähl'n der Geiger schon mal Fehler?

Den Wahlsieg haben die **Genossen**
genossen und mit Sekt begossen.

In der Kantine bei **Gericht**
kriegt manchmal man sein Leib-Gericht.

Flieht man vor Terror mit **Beeilung**,
ist das dann die Gewalt-ent-eilung?

Muss ein **Gläubiger** dran glauben,
wird vor Wut er ziemlich schnauben,
doch für'n Erhalt seiner Moneten
wird als Gläubiger er beten.

'ne **Gründung** hat - was sagst du nun –
mit grünem Dung wohl nichts zu tun.

Ein **Gut** ist da für jemand gut,
wenn er es auch besitzen tut.

**H)**
's ist Einzel- und nicht fabel**haft**,
wenn man dich ins Gefängnis schafft.

'nen **Hahn**, der tropft, man nicht gern hätt',
ein guter Hahn wird selten fett!

Ist eine Hündin, die grad läufig,
wenn sie 'nen Haufen macht, auch **häufig**?

Zieht in das Heim ein alter Knabe,
heißt's – wie bei Schülern – **Hausaufgabe.**

**Herde** baut man in Küchen ein,
in der Herde ist kein Tier allen.

Der **Hering** sichert's Campingzelt,
als Fisch schmeckt er der ganzen Welt.

Der Förster **Horst** entdeckt im Forst
beim Streifzug einen Adlerhorst.

Muss man – weil Männer Hosen tragen –
**Hosenträger** zu ihnen sagen?

Der beste Hahn behauptet heiter:
Ich bin der Chef, bin **Hühnerleiter**!

**K)**
Der **Kiefer** deine Zähne hält,
die kranke Kiefer wird gefällt.

Vor **Kiel**, wo Ostseestürme toben,
schwimmt's Schiff doch selten wohl kieloben.

In der Schul**klasse** ist Masse
nicht entscheidend, aber Klasse!

Dreisten Dieben, die viel **klauen**,
sollt' man auf die Klauen hauen!

Ein **Knüller** ist ein Gag hoch vier,
man knüllt jedoch auch gern Papier.

191

Willst du vom Buffet nur mal **kosten**,
verursacht das nur wenig Kosten.

Ich find', es ist 'ne frohe **Kunde**,
dass ich hier König bin als Kunde!

## L)
Auch die stolzen **Lappen** nutzen,
Lappen, um das Haus zu putzen.

Der **Laster** braucht 'ne starke Feder,
ein Laster hat bestimmt ein jeder.

Der Eiskunst**lauf** erfordert Stil,
der Lauf der Waffe weist ins Ziel.

Obwohl sie meist im Stehen pennen,
nennt man die Tiere **Legehennen**.

Ein **leichter** Mensch hat dünne Waden,
der Leichter hilft beim Schiff entladen.

Den **Leisten**schmerz kennen die meisten,
der Schuster bleibt bei seinen Leisten.

Herrn Gysi würd' es ziemlich stinken,
würd' man den Chef der **Linken** linken.

Die **Linsen** schärfen's Augenlicht,
als Suppe sind sie ein Gedicht.

Mit **Locken** im gestylten Haar
kann man die Männer locken, klar.

Das **Los** ist Teil vom Bauauftrag
und hart ist es als Schicksalsschlag.

## M)
**Makel**t der Makler schlampig bloß,
ist er dann nicht mehr makellos?
Der Schreck fährt dir in **Mark** und Bein,
die Mark als Währung wär' heut' fein.

Die Tiere in der **Marsch** gern grasen,
dem Sünder wird der Marsch geblasen.

„Was würd'st du" frag ich gerne **meinen**
Kumpel „zu dem Thema meinen?

Gemessen wird das Arbeitsvolk
bei **Messen** am Verkaufserfolg.

An Montagen, wo produziert,
wird die **Montage** optimiert.

Dem Bauern mit zehn **Morgen** Land
ist Angst vor morgen unbekannt!

## N)
Trüg' ich dir Sachen nach per Hand,
würd' ich dann **„nachtragend"** genannt?
Manchmal gibt's nach 'ner Auto-**Nummer**
¾ Jahr danach viel Kummer.

## P)
Ein Piesepampel träumt, er schmuse
mit einer schönen **Pampel**muse.

Den feinen **Pinkel** kennt man wohl,
man isst ihn auch mit grünem Kohl.

Erst's **Pflaster** stillt die Blutung richtig,
im Straßenbau verlegt man's richtig.

Ein trocknes **Plätzchen** passt bei Schnee
wie'n Plätzchen zu 'ner Tasse Tee.

Wer über Tage planen kann,
besitzt der 'ne **Plantage** dann?

**R)**
Lustig ist's, wenn kleine Hasen
hoppelnd über'n **Rasen** rasen.

Die Banken **raten** klammen Kunden
vom Wunsch ab, Raten mal zu stunden.

Beim Selbst-Laubharken rechnet lieber,
man nicht mit einem **Rechenschieber**.

Bei uns–was man kaum glauben möchte-
hab'n **Rechte** und auch Linke Rechte!

Schmerz und allmonatliche Pein
wird wohl bei Frau'n die **Regel** sein.

Der **Regen** prasselt. Dessentwegen,
lohnt es sich nicht, sich aufzuregen.

Das **Rentier** zieht den Schlitten weit
und der Rentier hat sehr viel Zeit.

194

Der Minirock war einst ein Schock,
in der Musik war es der **Rock!**

Man erzieht nur mit sehr rüden
Methoden widerspenst'ge **Rüden**!

**S)**

Brauchst du von 50 Mann nur **sieben**,
hast du den Druck, streng auszusieben.

Der **Spanner** dehnt den guten Schuh,
er schaut auch Liebespaaren zu.

Der **Spargel**, der schmeckt wunderbar,
auch Spar-Gel formt der Jugend Haar.
Vielleicht braucht man jetzt Spar-Gelernte
als Helfer für die Spargelernte?

**Sch)**

Es trügt der **Schein** bei manchem Mann,
der mangels Schein nicht zahlen kann.

Wer 's Brot mit **Schimmel** noch verzehrt,
wird krank, ob Mensch, ob weißes Pferd.

Der **Schlafende** blickt sehr benommen,
nun ist sein Schlaf-Ende gekommen.

Ist zu das **Schloss**, kommst du nicht rein,
ein Traum ist wohl ein Schloss am Rhein.

Lacht der **Herr Schmitz** mal ganz verschmitzt,
welch Beiwort wohl Herr Krach besitzt?

195

## St)

Wird man mit Nieren**steinen** gleich
ganz automatisch auch steinreich?

Auf **Steuern** würd' man gern verzichten,
beim Autofahr'n geht das mitnichten!
Die Wohnung liegt im vierten **Stock**,
als Gehhilfe ist sie ein Schock.

Ein Blumenstrauß die Freundschaft pflegt,
der **Strauß** sehr große Eier legt.

Gerad' lange Zeit **Studierende**
warten auf's Studier-Ende.

Den **Stuhl** man manchmal Schemel nennt,
doch nennt man so auch's Exkrement.

Ein Fenster**sturz** beim Bau ist - ehrlich –
fast immer völlig ungefährlich.

Der Fußballtrainer wird wohl **stutzen**,
wenn Spieler Stutzen nicht benutzen.
Hier hilft – statt großer Rederei -
der Henrystutzen von Karl May.

## T)

Und **Taschen**rechner – welch ein Gag –
verfehl'n in Taschen ihren Zweck.

Die **Taube** gurrt laut, was mich stört,
der Taube davon kaum was hört.

Der **Tenor** ist ein Richtungsweiser,
der Ten_o_r, der füllt Opernhäuser.

Die, die dir nach dem Leben **trachten**,
tun's in zivil meist, nicht in Trachten!

Bist du im Tran und treibst dann Sport,
ist dann **Transport** das rechte Wort?

Der **Treiber** treibt der Tiere Leiber,
wen aber treibt der Druckertreiber?

Den Freund **trifft** man zum Abendbrot,
trifft dich ein Schütze, bist du tot.

Im Krankenhaus hängt man am **Tropf**,
ob reicher Mann, ob armer Tropf.

**U)**
Füllst du zu viel ins Weinglas ein,
wird es wohl **überflüssig** sein.

Im Urwald hängt das **Urlaub** an den Bäumen,
vom schönen Urlaub lässt sich trefflich träu-
men.

**V)**
Interessen werden hier gebunden
im **Verband**; und er schützt Wunden!

Es hat sich mancher schon beschwert,
wenn man mit ihm **verkehrt** verkehrt!

Sie woll'n mein Werk als Buch **verlegen**?
Verlegen sag' ich: Meinetwegen!

Wer ein **Vereinsamt** übernimmt,
vereinsamt irgendwann bestimmt!

**Verschwommen** seh' ich's Festland kommen.
Wo bin ich? Hab' ich mich verschwommen?

**W)**
Der Skifahrer schont seine Haxen,
tut er – wie uns're Wirtschaft – **wachsen**.

Kann man - wird man sich ernsthaft fragen –
'ne Fahrt im alten **Wagen** wagen?

Das Heizungs**warten** kann nicht starten,
musst du auf den Monteur lang warten!

An Glühbirnen denkt man wohl nie,
wenn man im **Watt** steckt bis zum Knie.

Im Stellwerk stellt man mit 'nem **weichen**
Tastendruck zentral die Weichen.

Saurer **Wein** lässt meistens einen
Genießer bitt're Tränen weinen.

Der **Wetter** geht in's Wettbüro,
bei schlechtem Wetter sowieso.

**Wild** essen wird erst zum Genuss,
wenn man's gesittet tuen muss.

198

Verführ'n tut dich die **wüste** Moni,
heiß wird's auch in der Wüste Gobi.

Ein **wunder** Punkt bleibt kaum verborgen,
dafür könnt' nur ein Wunder sorgen.

Wer **Wurzeln** zieht, der rechnet gut;
der Zahnarzt dabei weh dir tut!

## Z)
Streichst über'n **Zapfen** du aus Eis,
heißt's Zapfenstreich, wie jeder weiß.

Ob der, der keine Uhr besitzt,
nun **zeitlos** durch das Leben flitzt?

Die **Zelle** ist des Lebens Quelle,
der Knacki will nicht in die Zelle.

Den Versuch, ein Kind zu **zeugen**,
kann unter Zeugen man vergeigen.

**Zitronenfalter** wird genannt,
wer Zitrusfrüchte falzt galant?

# Das Wort

Das schönste Wort, das man je hört:
Das *Ja-Wort*, wenn sie ihn erhört,
wenn ewig Liebe sie sich schwören,
dass sie ab jetzt nur sich gehören.

Doch macht sich die Erkenntnis breit,
des Wortes echte Halbwertzeit
wird trotz des Schwurs mit beiden Händen
manchmal vorm Scheidungsrichter enden.

Ich frage mich (unaufgeregt),
wer wen mit einem *Schlagwort* schlägt.

Ein *Machtwort* wär zur rechten Zeit
in mancher Lage sehr gescheit.
Denn damit würden endlich mal
die Nörgler – auch die hier im Tal –

(nicht nur die leisen, auch die kecker'n)
verstummen und nicht ständig meckern.

In Kiel saß einstmals ebendort
ein Mann und gab sein *Ehrenwort*.
Und so ein Wort hat seinen Preis.
Seins war nichts wert, wie man heut' weiß,
Dem Wortsinn nach ist (bleibt man ehrlich)
das *Stichwort* ebenso gefährlich.

Ein **Schimpfwort** zielt direkt ins Herz,
denn es verursacht Seelenschmerz.
Damit wird – auch wenn's unbedacht –
schnell viel Vertrau'n kaputt gemacht

und mancher hat (nicht erst seit heut')
das, was er sagte, sehr bereut!

Wenn sich zwei Frauen einmal streiten
(und das geschieht ja wohl beizeiten),
dann gibt's der **Widerworte** viele
und wie im besten Kämpferstile

hab'n sie mit Hoffnung auf den Sieg
dann einen reinen Zickenkrieg.
Doch selbst bei kriegerischen Assen
bleibt hier der Mann total gelassen!

Die Ehe – das vergess' ich nie –
braucht das Versteh'n und Harmonie.
„Gib mir mal dies; gib mir mal das"
So macht die Harmonie kaum Spaß.

Drum fragt der Angesproch'ne eh:
Wie heißt das **Zauberwort** mit „t"?
Die Antwort, die ist dank sei Gott,
doch ziemlich einfach: Aber flott!

Ein *falsches Wort* zur falschen Zeit
verursacht schnell 'ne Widrigkeit.
Wer's hörte, der sofort sehr grollte,
auch wenn es gut gemeint sein sollte,

Ein *Passwort* ist heut' lebenswichtig,
vorausgesetzt, es ist auch richtig.
Vertust du dich um eine Zahl,
sagt der PC, du kannst mich mal.

Und auch dein Handy sagt kurzum:
ich nehm' dir's falsche Passwort krumm.
Nichts nutzt die Technik, die perfekt,
hast du das Passwort nicht gecheckt!

Und speicherst du was in der Cloud,
folgt ohne Passwort der knockout.

Das *klügste Wort* in Sprach-Epochen
war das, was niemals ausgesprochen!

Sprachwissenschaftler küren jährlich,
ein Wort, das wohl zumeist entbehrlich,
sie prüften Worte, ungezählt,
hab'n „Klimahysterie" gewählt
als *Unwort* eines ganzen Jahres[25]!

---

[25] *2019*

202

# Nachwort

In den Zeiten von Corona
kommt man sich ja nicht mehr so nah.
Abstand halten, Schutz durch Tuch,
man hat Zeit ..... und liest ein Buch.


Mit der nöt'gen Sympathie
für den Reim, die Poesie,
wird man hier ganz richtig liegen.
Ich wünsch' beim Lesen viel Vergnügen.


Um was poetisch auszusprechen,
darf man auch schon mal Regeln brechen,
was dann die Fachwelt eloquent
wohl dichterische Freiheit nennt.


Insofern ist ein Pseudonym
bei Dichtern völlig legitim,
zumal, wenn es - wie hier - am Schluss
auch noch ins Versmaß passen muss.

>>>>

>>>>
Doch ich nenn' klar hier mit sehr breiter
Brust sehr deutlich Ross und Reiter:
Die Verse sind das Herz vom Werk
des Dichters Wolfgang Luchtenberg.

Falls nun noch jemand meint, er spüre
auch am Ende der Lektüre
die Lust auf weitere Gedichte,
dem sag' ich: ich veröffentlichte

'ne Homepage, nur so als Idee:
*www.ronsdorferpoesie.de*
Dort steht ergänzend Wunderbares.
Das reicht für's **Schlusswort**:

# So, das war es!